工业和信息产业职业教育教学指导委员会“十二五”规划教材
全国高等职业教育财会类规划教材——工学结合项目化系列

会计综合实训项目化教程

陈云梅　谢丽安　主　编
黄孝红　佘　浩　锁　琳　袁　园　副主编
谢达理　主　审

電子工業出版社
Publishing House of Electronics Industry
北京·BEIJING

内 容 简 介

本书分为基础资料和实训内容两部分。基础资料部分给出实训的目的及要求、实训企业的背景资料、实训企业的2010年12月和2011年1月这两个月经济业务资料及年度所得税汇算清缴资料和电算设置初始资料。实训内容部分按出纳岗、核算会计岗、办税会计岗、主管会计岗四个岗位来编写，分别介绍了每个岗位的岗位职责、岗位流程及要求完成的岗位任务。

本书适合高职高专、成人高校等院校会计、税务、财政、财务管理、审计等专业的学生使用，同时也适用于会计人员的培训及社会人士自学参考。

图书在版编目（CIP）数据

会计综合实训项目化教程 / 陈云梅，谢丽安主编. —北京：电子工业出版社，2011.8
全国高等职业教育财会类规划教材 • 工学结合项目化系列
ISBN 978-7-121-13817-1

Ⅰ. ①会… Ⅱ. ①陈… ②谢… Ⅲ. ①会计学－高等职业教育－教材 Ⅳ. ①F230

中国版本图书馆 CIP 数据核字（2011）第 110050 号

策划编辑：贾瑞敏
责任编辑：郝黎明　　特约编辑：岳佳佳
印　　刷：涿州市京南印刷厂
装　　订：涿州市桃园装订有限公司
出版发行：电子工业出版社
　　　　　北京市海淀区万寿路 173 信箱　邮编 100036
开　　本：787×1 092　1/16　印张：12.25　字数：313.6 千字
印　　次：2011 年 8 月第 1 次印刷
印　　数：4 000 册　定价：24.00 元

凡所购买电子工业出版社图书有缺损问题，请向购买书店调换。若书店售缺，请与本社发行部联系，联系及邮购电话：（010）88254888。

质量投诉请发邮件至 zlts@phei.com.cn，盗版侵权举报请发邮件至 dbqq@phei.com.cn。

服务热线：（010）88258888。

前　言

本书以国家最新颁布的相关法规制度为依据，以真实企业的业务资料作为实训蓝本，根据高职高专会计类学生的特点，本着“以岗位为基础、以能力为本位”的原则和培养应用型、技能型人才的目标进行编写，为学生毕业前的综合实训提供很好的帮助，也可以为学生毕业走上工作岗位后，缩短“适应期”，胜任会计工作奠定扎实的基础。

本教材具有如下特点。

1．结构新颖，内容丰富。本书将实训业务安排在跨年度的两个月份内，既不会出现业务的简单重复，又增加了跨年业务的结转与记入新账的处理，丰富了实训内容，同时还增加了年度所得税汇算清缴、年度财务报表的编制、财务分析等内容，结构安排新颖。

2．岗位针对性强。本实训分出纳岗、核算会计岗、办税会计岗、主管会计岗四个岗位进行编写。要求学生按这四个岗位的要求，完成模拟企业 12 月和 1 月常规经济业务的处理及会计报表的编制、纳税申报，而且还要求完成年度所得税汇算清缴、年度报表的编制及财务分析。

3．高度仿真。在原始单据的制作上严格按照相关制度要求，加盖了各类模拟实训章，所使用的原始单据尽量模拟目前使用的单据，力求更接近真实，使学生有身临其境的感觉。另外，书中还附一些空白的原始单据，要求学生自行进行填写，仿真性强。

本书由湖南娄底职业技术学院陈云梅和谢丽安担任主编，陈云梅负责拟定编写思路和编写大纲，并对全书进行统稿。本书编写具体分工为：娄底职业技术学院的陈云梅（上篇的项目一、项目二、下篇的项目六）、娄底职业技术学院的谢丽安（上篇项目二的 2011 年核算岗的原始凭证资料、下篇的项目七）、长沙民政职业技术学院的佘浩（上篇项目三的实训企业会计电算化实训初始设置资料）、邵阳职业技术学院的锁琳（上篇项目三的出纳岗位原始凭证资料、下篇项目四）、湖南理工职业技术学院袁园（上篇的 2010 年核算岗的原始凭证资料、下篇项目五），海口经济学院的黄孝红和娄底职业技术学院的王威然负责本书资料的收集和整理、娄底职业技术学院谢达理主审。

由于编者水平有限，书中难免有疏漏和错误之处，敬请广大读者在使用过程中批评指正，我们会努力做得更好。

编　者

2011.07

目　　录

上篇

会计综合实训基础资料

项目一　实训目的与要求

📖 **项目要点与要求**：了解会计综合实训的目的与要求；熟悉实训企业的基本情况；掌握实训企业的经济业务资料和所得税汇算清缴及会计电算化初始设置资料。

一、实训目的

会计综合实训的目的是强化核心专业能力和一般关键能力，掌握中小企业会计工作的全部操作流程。实训过程不仅包含亲身体验会计操作训练，同时还融合了会计工作岗位之间的业务衔接关系和内部控制要求，以及会计人员的职业道德规范等内容。本实训主要是以模拟企业经济业务发生的先后顺序为主线，通过实际操作，使学生比较系统地练习基础会计、财务会计、成本会计、税务会计、财务管理的操作程序和操作方法，加强学生对所学专业理论知识的理解，培养实际操作的动手能力，提高运用会计基本技能的水平，也是对学生所学专业知识的一个综合检验。

实践证明，实训环节能够有效提高学生职业能力和技术水平，是现阶段职业院校普遍采用的一个不可缺少的教学环节。通过实训，可以为学生毕业走上工作岗位后，缩短“适应期”，胜任会计工作奠定扎实的基础。由于岗位群的多样性，我们的培养应该不仅仅局限于某一岗位，还应该体现出本专业人才的通用特点，实现专业能力与通用能力并重。因此，应该在实训中将不同类岗位的共同要求贯穿到该类专业的实训中，强调目标的多样性和综合性。同时强调以学生为主体，明确树立以培养学生的实践应用能力和综合职业素质为导向的训练目标。

二、手工实训要求

本会计综合实训选取兴娄锅业红公司（制造业）2010 年 12 月和 2011 年 1 月的共 77 笔业务作为背景资料，按照兴娄锅业红公司产品的制造过程来设计经济业务，同时兼顾企业与税务、银行、工商、电信等相关部门发生的常规业务。这些业务分别由出纳岗、核算会计岗、办税会计岗、主管会计岗四个岗位人员来完成。手工实训部分要求完成以下五项实训任务。

（1）2010 年 12 月的会计报表编制及增值税、营业税、城市维护建设税及附加的纳税申报；企业所得税（季度）预缴纳税申报；2010 年 12 月会计资料的装订。

（2）2010 年年结，记入 2011 年新账。

（3）2011 年 1 月的会计报表编制及增值税、营业税、城市维护建设税及附加的纳税申报；2011 年 1 月会计资料的装订。

（4）2010 年度所得税汇算清缴；编制 2010 年度会计报表。

（5）2010 年度报表的的财务分析。

以上五项任务的完成又是顺着“建账→经济业务处理→对账、结账、记入新账→会计报表及纳税申报表的编制→财务分析→会计资料的装订”这一流程来进行的。下面就这个流程每一个环节的要求做具体介绍。

（一）建账

1. 掌握现金日记账、银行日记账的建账方法
2. 掌握各种明细账的建账方法
3. 掌握总账的建账方法

（二）经济业务处理

1. 熟悉各会计岗位的岗位职责，掌握各会计岗位的核算业务流程
2. 掌握各种原始凭证的填制方法和审核方法
3. 掌握记账凭证的填制方法和审核方法
4. 掌握日记账的登记依据及登记方法
5. 掌握各种明细账的登记依据及登记方法
6. 理解科目汇总表账务处理程序的原理及方法
7. 掌握科目汇总表的编制
8. 掌握根据科目汇总表登记总账的方法

（三）对账与结账及记入新账

1. 掌握月度对账和结账的方法
2. 掌握年度对账和结账的方法
3. 掌握记入新账的方法

（四）会计报表及纳税申报表的编制

1. 理解财务报告的构成
2. 掌握基本会计报表的组成
3. 掌握资产负债表的编制原理及方法
4. 掌握利润表的编制原理及方法
5. 掌握现金流量表的编制原理及方法
6. 掌握增值税纳税申报表、营业税纳税申报表、城市维护建设税及教育费附加申报表、

企业所得税纳税申报表（季度）、企业所得税年度纳税申报表的编制原理及方法

（五）财务分析

财务分析的要求在后面专门介绍

（六）会计资料的装订

1. 明确会计档案的主要内容，熟悉《会计档案管理办法》的有关规定
2. 掌握会计凭证的分类、编号、立卷和装订成册的基本操作技能
3. 掌握会计账簿的分类、编号、立卷和装订成册的基本操作技能
4. 掌握会计报表的分类、编号、立卷或装订成册的基本操作技能

三、电算实训要求

本书选取兴娄锅业红公司（制造业）2010 年 12 月和 2011 年 1 月的共 77 笔业务作为背景资料，按照兴娄锅业红公司产品的制造过程来设计经济业务，同时兼顾企业与税务、银行、工商、电信等相关部门发生的常规业务。电算实训部分要求完成下列七项实训任务。

（一）建账设置

1. 掌握操作员设置操作（增加，修改和删除）
2. 掌握操作员授权操作
3. 掌握账套建立操作
4. 掌握账套修改操作
5. 掌握账套备份操作
6. 掌握账套恢复操作
7. 掌握账套删除操作

（二）初始化及基础档案设置

1. 熟悉部门档案设置
2. 熟悉职员档案设置
3. 熟悉客户档案设置
4. 熟悉供应商档案设置
5. 熟悉凭证类别设置
6. 熟悉结算方式设置
7. 掌握会计科目设置（科目增加，修改和复制）
8. 掌握期初余额输入（对账，试算）

（三）日常业务处理

1. 掌握凭证填制
2. 掌握凭证出纳签字
3. 掌握凭证审核

4．掌握凭证记账
5．掌握凭证修改

（四）账簿查询处理

1．熟悉总账查询
2．熟悉明细账查询
3．熟悉多栏账查询
4．熟悉序时账查询
5．熟悉辅助账查询
6．熟悉余额表查询

（五）期末出纳管理

1．掌握日记账查询
2．掌握银行对账单输入
3．掌握银行对账
4．掌握余额调节表查询
5．掌握查询对账勾对
6．掌握核销银行账

（六）期末业务处理

1．掌握期末自动转账设置
2．掌握期末自动转账生成
3．掌握期末对账
4．掌握期末结账

（七）编制报表

1．掌握报表系统的基本功能
2．掌握资产负债表的编制方法及操作
3．掌握利润表的编制方法及操作
4．掌握现金流量表的编制方法及操作

四、财务分析要求

根据实训报表资料，进行偿债能力、营运能力、获利能力等财务指标的计算，并进行对比分析与因素分析，写出财务分析报告，为企业经营提出好的建议和措施。

五、实训组织

在进行会计综合模拟实训的时候，各个学校可以根据自己学校的教学要求进行设计。一般常见的实训组织形式有两种：一是混岗实训方式，即要求每一位实习学生独立完成全部会计模拟实训内容；二是分岗与轮岗相结合的实训方式，即要求对实习学生分组，在每一组内按照会计机构内部各岗位分工情况进行分工，然后再逐一轮岗，直到组内成员把每一岗位都轮完为止。

六、实训所需资料

1．凭证资料：通用记账凭证每人（组）1本，科目汇总表每人（组）4页。

2．账页资料：现金日记账、银行日记账每人（组）各10张，总账每人（组）40张，三栏式明细账每人（组）22张，数量金额式明细账每人（组）8张，应交增值税专用明细账每人（组）6张；多栏式明细账每人（组）4张，生产成本专用明细账每人（组）4张。

3．报表资料：资产负债表、利润表、现金流量表每人（组）各3份，增值税一般纳税人申报资料每人（组）1套，企业所得税年度（A类）纳税申报资料每人（组）1套，企业所得税季度（A类）纳税申报资料每人（组）1套。

4．会计资料装订所需资料：会计凭证封面封底包角纸每人（组）各3套；装订线每班1扎；装订机每班1个。

注：所需资料中每人适合混岗实训方式，每组适合分岗实训方式。

学生自备的实训工具有：记账用黑色水笔与红色水笔每人各1支；固体胶每人1瓶；铁夹每人1个；回形针每人1盒；直尺每人1把；计算器1个或算盘每人1个。

项目二　熟悉实训企业基本情况

一、实训企业概况及生产工艺流程

1. 企业基本情况

企业基本情况如下表所示。

兴娄锅业红公司基本信息一览表

企业名称（所属行业）	兴娄锅业红公司（制造业）
主要业务及产品类型	生产并销售铝锅
单位地址、联系电话及法人代表	单位地址：娄底市资童街 125 号 联系电话：0738—8329504 法人代表：陈兴娄
开户行及账号	中国建设银行娄底支行 9005600589400351234
经济性质及纳税人登记号	私营、增值税一般纳税人 税号：431311555666777
适用税率	增值税税率为 17% 城建税税率 7% 教育费附加税率 4.5%（湖南省从 2009 年 1 月开始教育费附加提高到 4.5%，2011 年 2 月开始提高到 5%） 运输费按 7%抵扣 企业所得税率 25%（查账征收） 房产税税率按原值计提 1.2%，按租金计提 12%
五险一金比例	职工养老保险 28%（其中单位负担 20%、个人 8%） 医疗保险 8%（其中单位 6%、个人 2%） 失业保险 3%（其中单位 2%、个人 1%） 住房公积金 24%（其中单位、个人分别为 12%） 工伤保险 2%（由企业负担） 生育保险 1%（由企业负担） （湖南省 2009 年人平均工资： 2167 元）
存货核算方法	存货采用实际成本计价核算 存货发出成本采用全月一次加权平均法

续表

固定资产折旧方法	平均年限法，残值率 5%，使用年限均采用税法规定
低值易耗品摊销方法	一次摊销法
无形资产摊销	直线法摊销　摊销期 10 年
主要会计岗位及人员	主管会计：王二喜 核算会计：黄三龙 办税会计：李四英 出纳员：刘五才
组织机构	厂办、生产车间、销售部、财务部
其　　他	会计核算采用科目汇总表账务处理程序 运输费用按货物重量分摊计入成本

2. 生产工艺流程

生产工艺流程，如下图所示。

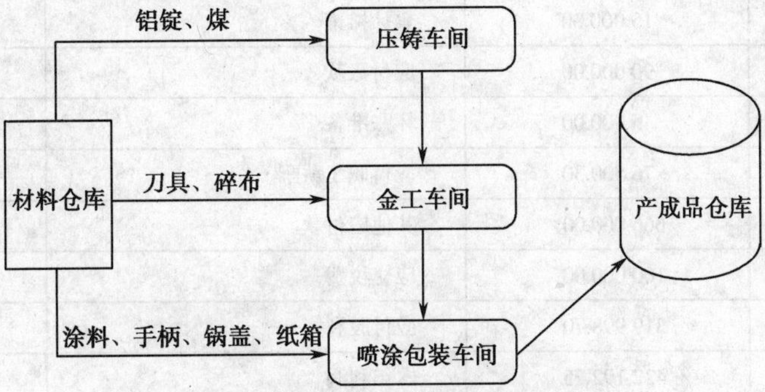

兴娄锅业红公司生产工艺流程图

二、实训企业期初建账资料及部分编表资料

1. 2010 年 1～11 月损益类账户累计发生额

2010 年 1～11 月损益类账户累计发生额资料，如下表所示。

2010 年 1～11 月损益类账户累计发生额表

单位：元

科目名称	借方发生额	贷方发生额
主营业务收入		1 200 000.00
其他业务收入		50 000.00
主营业务成本	840 000.00	
其他业务成本	35 000.00	
营业税金及附加税	3 000.00	
销售费用	98 400.00	
管理费用	187 000.00	
财务费用	4 858.37	

续表

科目名称	借方发生额	贷方发生额
投资收益		31 500.00
营业外收入		50 000.00
营业外支出	49 700.00	
所得税费用	56 155.00	

2. 2010 年 12 月初总账余额

2010 年 12 月初总账余额，如下表所示。

2010 年 12 月初总账余额表

账户名称	借方余额（元）	账户名称	贷方余额（元）
库存现金	2 159.00	短期借款	100 000.00
银行存款	778 489.25	累计折旧	640 000.00
其他货币资金	15 000.00	累计摊销	103 500.00
交易性金融资产	90 000.00	应付账款	613 800.00
其他应收款	5 000.00	坏账准备	1 800.00
生产成本	76 500.30	应付职工薪酬	245 000.00
应收账款	666 000.00	其他应付款	50 000.00
预付账款	100 000.00	应交税费	5 798.00
原材料	319 998.70	应付股利	160 900.00
库存商品	422 192.75	本年利润	57 386.63
周转材料	38 044.00	实收资本	3 000 000.00
固定资产	2 401 000.00	盈余公积	131 185.00
无形资产	540 000.00	利润分配（未分配利润）	345 014.37
合　计	5 454 384.00	合　计	5 454 384.00

3. 2010 年 12 月初明细账余额

（1）部分往来账项账户余额，如下表所示。

部分往来账项账户余额表

账户名称	借方金额（元）	账户名称	贷方金额（元）
应收账款——嘉中公司	6 000.00	其他应付款——压金	50 000.00
应收账款——杭州恒久百货公司	128 000.00	应付账款——河南机械公司	239 100.00
应收账款——娄底天堂百货公司	245 000.00	应付账款——长沙顺发公司	167 000.00
应收账款——步步升百货公司	215 000.00	应付账款——衡大六涂料公司	200 000.00
应收账款—昌盛百货公司	72 000.00	应付账款——娄底市自来水公司	2 640.00
其他应收款——王成	5 000.00	应付账款—娄底市电业局	5 060.00
预付账款—超远煤矿	100 000.00		

（2）原材料、库存商品、周转材料明细账户余额，如下表所示。

原材料、库存商品、周转材料明细账户余额表

账户名称	数 量	单 位	单 价	金 额（元）
原材料——铝锭	8 975.00	千克	16.70	149 882.50
原材料——涂料	654.00	千克	55.00	35 981.00
原材料——辅料——手柄	3 172.00	个	1.60	5 075.20
原材料——辅料——锅盖	1 800.00	个	2.70	4 860.00
原材料——辅料——煤	10 800.00	千克	11.50	124 200.00
周转材料——低耗品—刀具	20.00	把	80.00	1 600.00
周转材料——低耗品—碎布	300.00	包	15.00	4 500.00
周转材料——包装物—纸箱	3 256.00	个	9.00	29 304.00
周转材料——低耗品—手套	1 500.00	双	0.80	1 200.00
周转材料——低耗品—口罩	800.00	个	1.80	1 440.00
库存商品——铝锅	5 555.00	只	76.00	422 192.75

（3）应交税费明细账户余额，如下表所示。

应交税费明细账户余额

单位：元

账户名称	贷方金额
未交增值税	5 200.00
应交城建税	364.00
应交教育费附加	234.00

（4）生产成本明细表，如下表所示。

生产成本明细表

单位：元

在产品车间名称	直接材料	直接人工	制造费用	合 计
压铸车间	36 719.52	3 824.95	2 295.23	42 839.70
金工车间	2 294.97	9 562.37	5 737.07	17 594.41
喷涂包装车间	6 884.91	5 737.43	3 443.85	16 066.19
合 计	45 899.40	19 124.75	11 476.15	76 500.30

（5）固定资产明细表，如下表所示。

固定资产明细表

单位：元

明细科目	资产类别	账面原值	使用部门
生产经营用	房屋及建筑物	300 000.00	压铸车间
	机器设备	280 283.50	

续表

明细科目	资产类别	账面原值	使用部门
生产经营用	房屋及建筑物	289 887.50	金工车间
	机器设备	367 921.50	
	房屋及建筑物	386 475.00	喷涂包装车间
	机器设备	75 846.00	
非生产用	房屋及建筑物	383 809.50	厂部
	办公设备	281 850.00	
	运输设备	34 927.00	
合　计		2 401 000.00	

（6）应付职工薪酬明细表，如下表所示。

应付职工薪酬明细表

项 目 名 称	金　额
1．工资（包括奖金、津贴、补贴等）	108 325.00
2．社会保险金	77 035.00
（1）医疗保险费	14 910.00
（2）养老保险费	49 700.00
（3）失业保险费	4 970.00
（4）工伤保险费	4 970.00
（5）生育保险费	2 485.00
3．住房公积金	5 9640.00
合　计	245 000.00

4．2009 年度资产负债表及利润表

2009 年度资产负债表及利润表资料，如下表所示。

资产负债表

编制单位：兴娄锅业红公司　　2009 年度报表　　单位：元

资　产	期末余额	年初余额（略）	负债及所有者权益（或股东权益）	期末余额	年初余额（略）
流动资产：			流动负债：		
货币资金	1 406 400		短期借款	300 000	
交易性金融资产	15 000		交易性金融负债		
应收票据			应付票据		
应收账款	545 100		应付账款	582 701	
预付款项	100 000		预收款项		
应收利息			应付职工薪酬	110 000	
应收股利			应交税费	37 600	
其他应收款	5 000		应付利息		

续表

资产	期末余额	年初余额（略）	负债及所有者权益（或股东权益）	期末余额	年初余额（略）
存货	980 000		应付股利		
一年内到期的非流动资产			其他应付款	50 000	
其他流动资产			一年内到期的非流动负债	1 000 000	
流动资产合计	3 051 500		其他流动负债		
非流动资产：			流动负债合计	2 080 301	
固定资产	2 019 000		非流动负债：		
油气资产			负债合计		
无形资产	486 000		所有者权益（或股东权益）：		
			实收资本（或股本）	3 000 000	
开发支出			资本公积		
长期待摊费用			盈余公积	131 185	
递延所得税资产			未分配利润	345 014	
其他非流动资产			所有者权益（或股东权益）合计	3 476 199	
非流动资产合计					
资产总计	5 556 500		负债和所有者权益（或股东权益）总计	5 556 500	

利 润 表

会企 02 表

编制单位：兴娄锅业红公司　　2009 年度报表　　单位：元

项目	本年金额	上年金额
一、营业收入	1 124 568.00	1 023 441.00
减：营业成本	843 426.00	784 655.16
营业税金及附加	28 642.00	23 541.00
销售费用	96 200.00	78 700.00
管理费用	166 820.00	126 640.00
财务费用	12 451.60	5 687.00
资产减值损失		
加：公允价值变动收益（损失以“-”号填列）		
投资收益（损失以“-”号填列）	31 500.00	2 000.00
其中：对联营企业和合营企业的投资收益		
二、营业利润（亏损以“-”号填列）	8 528.40	6 217.84
加：营业外收入	24 300.00	2 879.00
减：营业外支出	22 100.00	
其中：非流动资产处置损失		
三、利润总额（亏损总额以“-”号填列）	10 728.40	9 096.84

续表

项　目	本年金额	上年金额
减：所得税费用	2 682.00	2 274.00
四、净利润（净亏损以“-”号填列）	8 046.30	6 822.84
五、每股收益		
（一）基本每股收益		
（二）稀释每股收益		

5. 其他

（1）在产品成本的确定。在产品成本按期初固定成本法计算，即每月初在产品成本与月末在产品成本相等，当月发生的费用全部由当月完工产品成本负担。

（2）房屋建筑物月折旧率为 0.35%，机器设备、运输设备月折旧率为 1.6%，办公设备月折旧率为 2.67%。

项目三　实训企业经济业务资料

一、实训企业 2010 年 12 月经济业务原始凭证

12 月 1 日，从银行提取现金 2000 元备用，由学生自己填写支票，见业务 1。

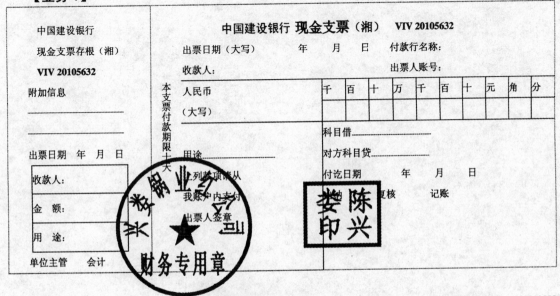

【业务 1】

中国建设银行 现金支票存根（湘） VIV 20105632	中国建设银行 **现金支票**（湘）　VIV 20105632
附加信息 ________ ________	本支票付款期限十天 出票日期（大写）　年　月　日　付款行名称： 收款人：　出票人账号： 人民币（大写）　千 百 十 万 千 百 十 元 角 分 用途________　科目借________ 上列款项请从我账户内支付　对方科目贷________ 出票人签章　付讫日期　年　月　日 出纳　复核　记账
出票日期　年　月　日 收款人： 金　额： 用　途： 单位主管　会计	

兴娄钢业红公司 财务专用章　娄陈印兴

【业务 2-1】

湖南增值税专用发票

抵　扣　联

4301093560　№ 09018303

开票日期：2010 年 12 月 02 日

购货单位	名　　称：兴娄钢业红公司 纳税人识别号：431311555666777 地址、电话：娄底市贤童街 125 号 0738-8329504 开户行及账号：中国建设银行娄底支行 900560058940351234				密码区	2216—2<-12>> 3<45>241698= -53>-×15=251 216189—《2887	加密板本：01 4301093560 09018303
货物或应税劳务名称	规格型号	单位	数量	单价	金　额	税率	税　额
铝锭		千克	5 000	17	85 000.00	17%	14 450.00
合　计					￥85 000.00		￥14 450.00
价税合计（大写）	⊗玖万玖仟肆佰伍拾元整				（小写）￥99 450.00		
销货单位	名　　称：长沙市顺发公司 纳税人识别号：430101166677778 地址、电话：长沙望城县 0731-88253111 开户行及账号：建行望城支行 5668989612345145123				备注		

收款人：陈丽　复核：孙平　开票人：李飞　销货单位（章）

第二联　抵扣联　购货方抵扣凭证

长沙市顺发公司 430101166677778 发票专用章

【业务 2-2】

湖南增值税专用发票

发 票 联

（全国统一发票监制章 国家税务总局监制）

4301093560　　№ 09018303

开票日期：2010 年 12 月 02 日

购货单位	名　　称：兴娄锅业红公司 纳税人识别号：431311555666777 地址、电话：娄底市贤童街 125 号 0738-8329504 开户行及账号：中国建设银行娄底支行 9005600589400351234				密码区	2216—2<-12>> 3<45>241698= -53>-×15=251 216189—《2887		加密板本：01 4301093560 09018303
货物或应税劳务名称	规格型号	单位	数量	单价	金　额		税率	税　额
铝锭		千克	5 000	17	85 000.00		17%	14 450.00
合　计					¥85 000.00			¥14 450.00
价税合计（大写）	⊗玖万玖仟肆佰伍拾元整				（小写）¥99 450.00			
销货单位	名　　称：长沙市顺发公司 纳税人识别号：430101166677778 地址、电话：长沙望城县 0731-88253111 开户行及账号：建行望城支行 5668989612345145123				备注			

收款人：陈丽　　复核：孙平　　开票人：李飞　　销货单位（章）

（印章：长沙市顺发公司 430101166677778 发票专用章）

第三联 发票联 购货方记账凭证

【业务 2-3】

委收号码：第 1065 号

委电

委　托　收　款　凭证（付款通知）

委托日期：2010 年 12 月 2 日　　付款日期 2010 年 12 月 3 日

付款人	全称	兴娄锅业红公司	收款人	全称	长沙市顺发公司
	账号或地址	9005600589400351234		账号或地址	5668989612345145123
	开户银行	中国建设银行娄底支行		开户银行	建行望城支行　行号

委收金额	人民币（大写）	玖万玖仟肆佰伍拾元整	千	百	十	万	千	百	十	元	角	分
					¥	9	9	4	5	0	0	0

款项内容	货款	委托收款凭据名称	增值税专用发票	附寄单证张数	
备注 电划	付款人注意：1.应于见票当日通知开户银行划款。 2.如需拒付，应在规定期限内，将拒付理由书并附债务证明退交开户银行。				

（印章：中国建设银行娄底支行 10.12.03 转讫）

此联付款人开户银行给付款人按期付款的通知

单位主管　　会计　　复核　　记账　　付款人开户银行盖章 2010 年 12 月 3 日

【业务 2-4】

公路、内河货物运输业统一发票

发票代码：100178960035

开票日期：2010-12-02　　　　发票号码：00012134

机打代码 机打号码 机器编号	040111256231 00456741 456987358654	税控码	261—1<-12>> 234 3<22>61246=1254 -83 >-×24=241= 32125483《556=56+312
收货人及纳税人识别号	兴娄锅业红公司 431311555666777	承运人及纳税人识别号	路路通运输公司 4301223965837
发货人及纳税人识别号	长沙市顺发公司 430101166677778	主管税务机关及代码	长沙市天心区地税局 10253645
运输项目及金额	货物名称 铝锭　数量 5000千克　运费金额 500.00	其他项目及金额	备注：现金付讫
运费小计	￥500.00	其他费用小计	￥0.00
合计（大写）	人民币伍佰元整	（小写）	￥500.00

承运人盖章：路路通运输公司 发票专用章　　　开票人：王丽

第一联 发票联 付款方记账凭证 手写无效

【业务 2-5】

公路、内河货物运输业统一发票

发票代码：100178960035

开票日期：2010-12-02　　　　发票号码：00012134

机打代码 机打号码 机器编号	040111256231 00456741 456987358654	税控码	261—1<-12>> 234 3<22>61246=1254 -83 >-×24=241= 32125483《556=56+312
收货人及纳税人识别号	兴娄锅业红公司 431311555666777	承运人及纳税人识别号	路路通运输公司 4301223965837
发货人及纳税人识别号	长沙市顺发公司 430101166677778	主管税务机关及代码	长沙市天心区地税局 10253645
运输项目及金额	货物名称 铝锭　数量 5000千克　运费金额 500.00	其他项目及金额	备注：现金付讫
运费小计	￥500.00	其他费用小计	￥0.00
合计（大写）	人民币伍佰元整	（小写）	￥500.00

承运人盖章：路路通运输公司 发票专用章　　　开票人：王丽

第二联 抵扣联 付款方抵扣凭证 手写无效

【业务 2-6】

收 料 单

供应单位：长沙市顺发公司　　　　　　　　　　　　　　　　编号：1122

发票号码：№ 09016323　　　　2010 年 12 月 3 日　　　　　　仓库：原料库

规格	材料名称	编号	数量		实际价格（元）															
			应收	实收	单位	单价	发票金额	运杂费	合计									
									千	百	十	万	千	百	十	元	角	分
	铝锭	1001	5 000	5 000	千克		85000	465				8	5	4	6	5	0	0
											¥	8	5	4	6	5	0	0
备注			验收人盖章		王 节			合计¥ 85465.00										

采购人：孙英　　　　检验员：李立　　　　记账员：李平　　　　保管员：王红

【业务 3-1】

中华人民共和国
税收通用完税证　　　国

注册类型：有限责任公司　　填发日期：2010 年 12 月 8 日　　征收机关：娄兴区国税局税源十科

纳税人代码	431311555666777		地址	娄底市贤童街 125 号		
纳税人名称	兴娄锅业红公司		税款所属时期	2010-11-01 至 2010-11-30		
税种	品目名称	课税数量	计税金额或销售收入	税率或单位税额	已缴或扣税额	实缴金额
增值税	制造业（17%）			17%		5 200.00
金额合计	（大写）伍仟贰佰元整					
税务机关（盖章） 娄底市娄兴区国家税务局 征收专用章	委托代征单位（盖章）		填票人（章） 王科湖	备注	税票号码： 02388542 税管员：李宏	

第二联（收据）交纳税人作完税凭证

【业务 3-2】

中国建设银行

转账支票存根（湘）

VIV 20102502

附加信息

出票日期 2010 年 12 月 18 日

收款人：	娄兴区国税局
金 额：	¥5200.00
用 途：	缴纳税款

单位主管 王二喜 会计 黄三龙

【业务 3-3】

中华人民共和国

税收通用完税证 地

（2010）湘地完电：No：02388542

注册类型：有限责任公司 填发日期：2010 年 12 月 8 日 征收机关：娄兴区地税局税源 3 科

纳税人代码	431311555666777	地址	娄底市贤童街 125 号
纳税人名称	兴娄锅业红公司	税款所属时期	2010-11-01 至 2010-11-30

税种	品目名称	课税数量	计税金额或销售收入	税率或单位税额	已缴或扣税额	实缴金额
城市维护建设税-增值税			5 200.00	7%		364.00
教育费附加-增值税			5 200.00	4.5%		234.00
金额合计	（大写）伍佰玖拾捌元整					

税务机关（盖章）	委托代征单位（盖章）	填票人(章) 李玉	备注	税票号码：02388542 税管员：黄华

现金付讫

第二联（收据）交纳税人作完税凭证

【业务4】

国家税务局系统
行政性收费专用收据

国财.3401 №0887447999

2010年12月8日 征收机关：娄兴区国税局

纳税人识别号	431311555666777	交款单位	兴娄锅业红公司
项 目	单价（元）	数量	金额（元）
专用发票收费	0.55	50份	27.50
普通发票收费	4	4本	16.00
金额合计（小写）			43.50
金额合计（大写）人民币肆拾叁元伍角零分			
税务机关	填票人：王肖	备注	现金付讫

娄底市娄兴区国税局 税款征收专用章

【业务5-1】

中国银行 电汇凭证（回单） № 028094631

☐普通 ☐加急 委托日期 2010年 12月 10日

汇款人	全称	兴娄锅业红公司	收款人	全称	河南机械公司
	账号	9005600589400351234		账号	1200298222889045679
	汇出地点	湖南省娄底市/县		汇入地点	河南省郑州市/县
汇出行名称		中国银行雁城支行	汇入行名称		建行一支行
金额	人民币（大写）	⊗壹拾陆万陆仟柒佰贰拾伍元整			百 十 万 千 百 十 元 角 分 ¥ 1 6 6 7 2 5 0 0
汇出行签章					支付密码 附加信息及用途： 复核： 记账：

中国建设银行娄底支行 10.12.03 转讫

此联汇出行给汇款人的回单

【业务 5-2】

中国建设银行　收费凭证

2010 年 12 月 10 日

户 名	兴娄锅业红公司			账 号	9005600589400351234	
收费项目	起止号码	数量	单价	工本费	手续费	邮电费
电汇				4.5	5.5	
金额小计				4.5	5.5	
金额合计（大写）	壹拾元整					

十	万	千	百	十	元	角	分
			¥	1	0	0	0

中国建设银行娄底支行 10.12.10 转讫

制票：王万　复核：李颖

第一联客户回单

【业务 5-3】

河南增值税专用发票

全国统一发票监制章 国家税务总局监制

抵 扣 联

1200082130　　№ 00128810

开票日期：2010 年 12 月 10 日

购货单位		密码区	
名　　称：	兴娄锅业红公司	321—3 < -12 >	加密版本：01
纳税人识别号：	431311555666777	5 < 89 > 61246 =	1200082130
地址、　电话：	娄底市贤童街 125 号 0738-329504	-25 > -98=255	00128810
开户行及账号：	中国建设银行娄底支行 9005600589400351234	8910—342	

货物或应税劳务名称	规格型号	单位	数量	单价	金　额	税率	税　额
压铸机		台	1	142 500	142 500.00	17%	24 225.00
合　　计					¥ 142 500.00		¥ 24 225.00
价税合计（大写）	⊗壹拾陆万陆仟柒佰贰拾伍元整				（小写）¥ 166725.00		

销货单位		备注
名　　称：	河南机械公司	
纳税人识别号：	120104256322183	
地址、　电话：	河南省郑州市滨江南路 75 号 0371-5234100	
开户行及账号：	中国工商银行郑州市支行 1200298222889045679	

河南机械公司 发票专用章

收款人：王勇　　复核：李爱国　　开票人：李明　　销货单位（章）

第二联 抵扣联 购货方抵扣凭证

【业务 5-4】

河南增值税专用发票

发票联

1200082130 №00128810

开票日期：2010 年 12 月 10 日

购货单位	名称：兴娄锅业红公司 纳税人识别号：431311555666777 地址、电话：娄底市资童街 125 号 0738-329504 开户行及账号：中国建设银行娄底支行 9005600589400351234				密码区	321—3<-12> 5<89>61246= -25>-98=255 8910—342	加密板本：01 1200082130 00128810
货物或应税劳务名称	规格型号	单位	数量	单价	金额	税率	税额
压铸机		台	1	142 500	142 500.00	17%	24 225.00
合计					¥142 500.00		¥24 225.00
价税合计（大写）	⊗壹拾陆万陆仟柒佰贰拾伍元整				（小写）¥166725.00		
销货单位	名称：河南机械公司 纳税人识别号：120104256322183 地址、电话：河南省郑州市滨江南路 75 号 0371-5234100 开户行及账号：中国工商银行郑州市支行 1200298222889045679				备注	河南机械公司 发票专用章	

第三联 发票联 购货方记账凭证

收款人：王勇　　复核：李爱国　　开票人：李明　　销货单位：（章）

【业务 5-5】

固定资产验收入库单

年　月　日

资产名称	品牌	规格型号	单位	数量	单价	金额	使用部门	存放地点	责任人	财务分类

采　购　人：　　归口部门验收人：　　使用部门资产管理员：

采购部门负责人：　　归口部门负责人：

12 月 11 日技术部赵一去长沙开会，经批准借差旅费 1 000.00 元（以现金付讫）。要求学生填写借支单，见【业务 6】。

【业务 6】

借 支 单

年 月 日

借款人姓名		服务部门		职务	
借款事由					
借款金额	（大写）		（小写）		
备注			审批		

借款人： 出纳：

【业务 7-1】

湖南增值税专用发票
发 票 联

（全国统一发票监制章 国家税务总局）

4301094330 № 9028769

开票日期：2010 年 12 月 12 日

购货单位	名称：兴娄锅业红公司 纳税人识别号：431311555666777 地址、电话：娄底市贤童街 125 号 0738-8329504 开户行及账号：中国建设银行娄底支行 9005600589400351234			密码区	2489－1<9－7－615962848< 032/52>9/2953－49741626 <8－3024>82906－2－47 －6<7>2*－/>*>6/		加密板本： 4301094330 09028769
货物或应税劳务名称	规格型号	单位	数量	单价	金额	税率	税额
涂料		千克	500	55	27 500.00	17%	4 675.00
合 计					¥27 500.00		¥4 675.00
价税合计（大写）	叁万贰仟壹佰柒拾伍元整				（小写）¥32175.00		
销货单位	名称：衡大六涂料公司 纳税人识别号：431311563528922 地址、电话：衡阳市建设中路 512 号 0734-9829283 开户行及账号：衡阳市工商银行建设支行 8373845778985			备注			

收款人：张高 复核：李去 开票人：张高 销货单位（章）

（衡大六涂料公司 431311563528922 发票专用章）

第三联 发票联 购货方记账凭证

【业务7-2】

湖南增值税专用发票

抵扣联

4301094330

№ 9028769

开票日期：2010年12月12日

购货单位	名　　称：兴娄锅业红公司 纳税人识别号：431311555666777 地址、电话：娄底市贤童街125号 0738-8329504 开户行及账号：中国建设银行娄底支行 9005600589400351234	密码区	2489－1＜9－7－615962848＜ 032/52＞9/2953－49741626 ＜8－3024＞82906－2－47 －6＜7＞2*－/＞*＞6/
		加密版本：	4301094330 09028769

货物或应税劳务名称	规格型号	单位	数量	单价	金额	税率	税额
涂料		千克	500	55	27 500.00	17%	4 675.00
合　计					¥27 500.00		¥4 675.00
价税合计（大写）	叁万贰仟壹佰柒拾伍元整				（小写）¥32175.00		

销货单位	名　　称：衡大六涂料公司 纳税人识别号：431311563528922 地址、电话：衡阳市建设中路512号 0734-9829283 开户行及账号：衡阳市工商银行建设支行 8373845778985	备注	衡大六涂料公司 431311563528922 发票专用章

收款人：张高　　复核：李去　　开票人：张高　　销货单位（章）

第二联 抵扣联 购货方抵扣凭证

【业务7-3】

收　料　单

2010年12月12日

编号：02442651

仓库：原料库

供应者：衡大六涂料公司			发票09028769号				2010年12月12日收到									
编　号	材料名称	规格	送验数量	实收数量	单位	单价	金额									
							千	百	十	万	千	百	十	元	角	分
	涂料		500	500	千克	55				2	7	5	0	0	0	0
	合　计									2	7	5	0	0	0	0
备注：			验收人签章	刘汉		合计：¥27 500.00										

复核：王二喜　　仓管：赵星云

【业务8-1】

湖南增值税专用发票

发 票 联

（全国统一发票监制章 国家税务总局监制）

4301094330

№ 090445659

开票日期：2010年12月13日

购货单位	名　　称：兴娄锅业红公司 纳税人识别号：431311555666777 地址、电话：娄底市贤童街125号 0738-8329504 开户行及账号：中国建设银行娄底支行 9005600589400351234	密码区：2489—1<9—7—615962848< 032/52 ＞ 9/2953 — 49741626 < 8 — 3024 > 82906—2—47—6<7>2*—/ >*>6/ 加密版本：4301094330 090445659

货物或应税劳务名称	规格型号	单位	数量	单价	金额	税率	税额
手柄		个	6 000	1.8	10 800.00	17%	1 836.00
锅盖		个	4 000	2.8	11 200.00	17%	1 904.00
合　计					￥22 000.00		￥3 740. 00
价税合计（大写）	贰万伍仟柒佰肆拾元整				（小写）￥25 740.00		

销货单位	名　　称：湘潭东方大地公司 纳税人识别号：431311293874774 地址、电话：湘潭市韶山西路42号 0731-58849444 开户行及账号：湘潭市农业银行韶山路支行 38477559303	备注

收款人：张辉　　复核：沈青青　　开票人：刘云　　销货单位（章）

（印章：湘潭东方大地公司 431311293874774 发票专用章）

第三联 发票联 购货方记账凭证

【业务8-2】

湖南增值税专用发票

抵 扣 联

（全国统一发票监制章 国家税务总局监制）

4301094330

№ 090445659

开票日期：2010年12月13日

购货单位	名　　称：兴娄锅业红公司 纳税人识别号：431311555666777 地址、电话：娄底市贤童街125号 0738-8329504 开户行及账号：中国建设银行娄底支行 9005600589400351234	密码区：2489—1<9—7—615962848< 032/52 ＞ 9/2953 — 49741626 < 8 — 3024 > 82906—2—47—6<7>2*—/ >*>6/ 加密版本：4301094330 090445659

货物或应税劳务名称	规格型号	单位	数量	单价	金额	税率	税额
手柄		个	6 000	1.8	10 800.00	17%	1 836.00
锅盖		个	4 000	2.8	11 200.00	17%	1 904.00
合　计					￥22 000.00		￥3 740. 00
价税合计（大写）	贰万伍仟柒佰肆拾元整				（小写）￥25 740.00		

销货单位	名　　称：湘潭东方大地公司 纳税人识别号：431311293874774 地址、电话：湘潭市韶山西路42号 0731-58849444 开户行及账号：湘潭市农业银行韶山路支行 38477559303	备注

收款人：张辉　　复核：沈青青　　开票人：刘云　　销货单位（章）

（印章：湘潭东方大地公司 431311293874774 发票专用章）

第二联 抵扣联 购货方抵扣凭证

【业务 8-3】

收 料 单

2010 年 12 月 13 日　　　　编号：20100301

供应者：湘潭东方大地公司			发票　090445659 号			2010 年 12 月 13 日收到										
编号	材料名称	规格	送验数量	实收数量	单位	单价	金额									
							千	百	十	万	千	百	十	元	角	分
	手柄		6 000	6 000	个	1.8				1	0	8	0	0	0	0
	锅盖		4 000	4 000	个	2.8				1	1	2	0	0	0	0
	合　计									2	2	0	0	0	0	0
备注				验收人签章	刘汉	合计：￥22 000.00										

复核：王二喜　　　　仓管：赵星云

【业务 8-4】

中国建设银行**信汇**凭证（回单）

委托日期 2010 年 12 月 13 日　　　　No.0046125

汇款人	全　称	兴娄锅业红公司	收款人	全　称	湘潭东方大地公司
	账　号	9005600589400351234		账　号	38477559303
	汇出地点	湖南省娄底市/县		汇入地点	湖南省 湘潭市/县
汇出行名称		建设银行娄底长青支行	汇入行名称		农业银行韶山路支行
金额	人民币（大写）贰万伍仟柒佰肆拾元整			千 百 十 万 千 百 十 元 角 分	￥ 2 5 7 4 0 0 0
汇出行签章			支付密码		
			附加信息及用途：		
			复核	记账	

中国建设银行娄底支行 10.12.13 转讫

此联汇出行给汇款人的回单

【业务 8-5】

中国建设银行　收费凭证

2010 年 12 月 13 日

户　名	兴娄锅业红公司	账　号	9005600589400351234

收费项目	起止号码	数量	单价	工本费	手续费	邮电费
电汇				3.75	0.5	
金　额　小　计				3.75	0.5	

金额合计（大写）	十	万	千	百	十	元	角	分
肆元贰角伍分					¥	4	2	5

中国建设银行娄底支行 10.12.13 转讫

制票：王万　复核：李额

第一联客户回单

【业务 9-1】要求完成表内计算。

领　料　单

领料部门：压铸车间　2010 年 12 月 13 日　第 001 号

材料编码	材料名称	单位	请领数量	实领数量	实际单价	金额 十	万	千	百	十	元	角	分
	铝锭	千克	4 000	4 000									
	煤	千克	6 000	6 000									
附件：　1　张				合　计									

仓库主管：赵星云　记账：黄三龙

第二联：交会计部门

【业务 9-2】要求完成表内计算。

领　料　单

领料部门：金工车间　2010 年 12 月 13 日　第 002 号

材料编码	材料名称	单位	请领数量	实领数量	实际单价	金额 十	万	千	百	十	元	角	分
	刀具	把	20	20									
	碎布	包	158	158									
附件：　1　张				合　计									

仓库主管：赵星云　记账：黄三龙

第二联：交会计部门

【业务 9-3】要求完成表内计算。

领 料 单

领料部门：喷涂及包装车间　　2010 年 12 月 13 日　　第 003 号

材料编码	材料名称	单位	请领数量	实领数量	实际单价	金额 十	万	千	百	十	元	角	分
	涂料	千克	400	400									
	手柄	个	5 000	5 000									
	锅盖	个	4 500	4 500									
	纸箱	个	3 000	3 000									
附件： 1 张				合 计									

第二联：交会计部门

仓库主管：赵星云　　记账：黄三龙

【业务 10-1】

中国建设银行

转账支票存根（湘）

VIV 20102503

附加信息

出票日期 2010 年 12 月 14 日

收款人：	工资结算户
金 额：	¥145260.5
用 途：	支付工资

单位主管 王二喜　会计 黄三龙

【业务 10-2】

中国建设银行**进账单**（收账通知）

填制日期 2010 年 12 月 14 日 第 3 号

全　称	兴娄锅业红公司	全　称	兴娄锅业红公司									
账　号	9005600589400351234	账　号	50831742010386									
开户银行	中国建设银行娄底支行	开户银行	中国建设银行娄底支行									
人民币（大写）	壹拾肆万伍仟贰佰陆拾元零伍角整	千	百	十	万	千	百	十	元	角	分	
			¥	1	4	5	2	6	0	5	0	
票据种类		中国建设银行 娄底支行 10.12.14 受理银行盖章 收讫										
票据张数	1 张											
单位主管　会计　复核　记账												

此联是收款人开户行交给收款人的收账通知

员工赵一出差归来，报销差旅费 1 200 元，补付 200 元现金。（车费娄底—长沙往返 110 元、住宿费 4×100=400 元、会务费 600 元、杂费 90 元）要求学生填写差旅费报销单，见【业务 11】。

【业务 11】

差旅费报销单

所属部门： 填报日期： 年 月 日 单位：元

姓名		职务			出差事由			出差时间	计划　天 / 实际　天		备注
日期		起止地点		飞机、车、船票		其他费用					
月	日	起	止	类别	金额	项目		标准	计算天数	核报金额	
						住宿费	包干报销				
							限额报销				
						伙食补助费					
						车、船补助费					
						其他杂支					
小计						小计					
总计金额						预支____ 核销____ 退（补）____					

会计主管：　审核：　部门领导：　填报人：

【业务 12-1】

产品销售单

2010 年 12 月 16 日　　№：201000986

购货单位	名称	杭州恒久百货公司		纳税登记号	320505488721032
	地址、电话	杭州禾祥西路 163 号 0571-2208748		开户银行及账号	工商银行杭州禾祥支行 9005600589400355432
货物或劳务名称	规格型号	计量单位	数量	单价（不含税）（元）	金　额（元）
铝锅	24cm	只	1 100	100	110 000
合　计					110 000
销售人员	刘洋		销售主管	梁冰	

⑤财务部门

【业务 12-2】要求完成表内计算。

产品出库单

购货单位：杭州恒久百货公司　　2010 年 12 月 16 日　　编号：201001

产品编号	产品名称	规格	单位	数量		单价（元）	金额							
				请　发	实　发		十	万	千	百	十	元	角	分
	铝锅	24cm	只	1 100	1 100									
合计														

第二联　会计部门记账

仓库主管：赵星云　　记账：黄三龙

【业务 12-3】要求完成发票的填写。

湖南增值税专用发票

全国统一发票监制 国家税务总局监制

记 账 联

4301094330　　　　№ 09028868

开票日期：　年　月　日

购货单位	名　　称：	杭州恒久百货公司	密码区	2489 − 1 < 9 − 7 − 615962848 < 032/52 > 9/2953−49741626<8− 3024>82906−2−47−6 <7>2*−/>*>6/	加密版本： 4301094330 09028868
	纳税人识别号：	320505488721032			
	地址、电话：	杭州禾祥西路 163 号 0571-2208748			
	开户行及账号：	工商银行杭州禾祥支行 20586545125			

货物或应税劳务名称	规格型号	单位	数量	单价	金额	税率	税额
合　计							
价税合计（大写）	（小写）						

销货单位	名　　称：		备注	兴娄钢业红公司 4313115 55666777 发票专用章
	纳税人识别号：			
	地址、电话：			
	开户行及账号：			

收款人：　　　复核：　　　开票人：　　　销货单位（章）

第一联 记账联 销货方记账凭证

【业务 13】

中国建设银行进账单（收账通知）

填制日期　2010 年 12 月 17 日　　　　第 3 号

付款人	全　称	昌盛百货公司	收款人	全　称	兴娄钢业红公司
	账　号	225004972		账　号	9005600589400351122
	开户银行	中行娄底石鼓支行		开户银行	中国建设银行娄底支行

		千	百	十	万	千	百	十	元	角	分
人民币（大写）	柒万贰仟元整			¥	7	2	0	0	0	0	0
票据种类											
票据张数	1 张										
单位主管　会计　复核　记账		中国建设银行娄底支行 10.12.17 收讫 受理银行盖章									

此联是收款人开户行交给收款人的收账通知

【业务14-1】

湖南省娄底市服务行业统一发票

湘娄底市

发票联

客户：兴娄锅业红公司　　2010年12月18日　　（2010）　3号　№0001563

项　目	规格	单位	数量	金额							
				万	千	佰	十	元	角	分	
律师咨询费					1	5	0	0	0	0	同意报销 陈兴娄
金额（大写）：壹仟伍佰元整				¥	1	5	0	0	0	0	

第二联：发票联

收款单位盖章（未盖章无效）　开票人：陈迷　收款人：李丽

致天律师事务所 发票专用章

【业务14-2】

中国建设银行

转账支票存根（湘）

VIV 20102504

附加信息

出票日期 2010年 12 月18 日

收款人：	**致天律师事务所**
金　额：	**¥1500.00**
用　途：	**律师咨询费**

单位主管 王二喜　会计 黄三龙

【业务15-1】

湖南省货物销售发票

记账联

全国统一发票监制章 国家税务总局监制

除付款单位项目外手工填写无效　湘国税　发印字（2009）第024号

发票代码：143000920887

发票号码：1678687587

机打号码：19654132

机器编号：006010021888

收款单位：娄底兴娄锅业红公司

税　　号：431311555666777

开票日期：2010-12-19 收款员：管理员

付款单位：兴发酒店

项目	单价	数量	金额
铝锅	125.00	50.00	6250.00

娄底市税控收款机用户发票专用章

现金付讫

小写合计：￥6250.00

大写合计：陆仟贰佰伍拾元整

税 控 码 ：56643745645

兴娄锅业红公司 发票专用章

【业务15-2】要求完成表内计算。

产品出库单

购货单位：兴发酒店　　2010 年 12 月 19 日　　编号：201002

产品编号	产品名称	规格	单位	数量		单价	金额							
				请发	实发		十	万	千	百	十	元	角	分
	铝锅	24cm	只	50	50									
合计														

第二联 会计部门记账

仓库主管：赵星云　　记账：黄三龙

【业务 16-1】

湖南省公益性单位接受捐赠统一收据

财政部监制

收 据 联

捐赠人：兴娄钢业红公司　　2010 年 12 月 20 日　　(2010) 2 号 №07866

项　目	实物种类	数 量	金额 万	千	佰	十	元	角	分	
慈善捐款				5	0	0	0	0	0	同意报销 陈兴妾
金额(大写): 伍仟元整			¥	5	0	0	0	0	0	

第二联 收据联

接受单位盖章（未盖章无效）　开票人：陈青　收款人：胡萍

东方慈善总会 收据专用章

【业务 16-2】

中国建设银行

转账支票存根（湘）

VIV 20102505

附加信息

出票日期 2010 年 12 月 20 日

收款人：	**东方慈善总会**
金　额：	¥5000.00
用　途：	**捐赠款**

单位主管 王二喜　会计 黄三龙

【业务 17】

除付款单位项目外手工填写无效湘国税发印

湖南省娄底市服务业统一税控发票

发票联

发票代码：243000871004

发票号码：20097991

机打号码：20097991

机器编号：004010009613

收款单位：娄底市金龙大酒店

税　　号：431311004103014

开票日期：2010-12-20　　收款员：苏丽

付款单位：兴娄锅业红公司

项目	单价	数量	金额
餐饮	500.00	1	500.00

现金付讫

小写合计：￥500.00

大写合计：伍佰元整

税 控 码 ：3272 5265 3853 3928 1884

娄底市税控收款机用户 发票专用章

娄底市金龙大酒店 发票专用章

【业务 18】

兴娄锅业红公司职工生活困难补助申请单

编号：201

部门	压铸车间	刘明	本人工资收入	842.00	家庭其他人员收入	580.00
补助原因	妻子出车祸，收入减少，而医药费、营养费等支出增加，造成家庭生活一时困难。 现金付讫				补助性质	临时补助
					申请金额	人民币贰佰元整
部门意见	建议临时补助贰佰元整。 陈春 2010 年 12 月 22 日	公司工会意见	同意。　袁惠生 2010 年 12 月 22 日		代收据	今收到困难补助费人民币贰佰元整。 领款人：刘明 2010 年 12 月 22 日

【业务 19-1】要求完成表内计算。

产品出库单

购货单位：娄底天堂百货公司　　　　2010 年 12 月 23 日　　　　编号：201003

产品编号	产品名称	规格	单位	数量		单价	金额							
				请发	实发		十	万	千	百	十	元	角	分
	铝锅	24cm	只	5 700	5 700									
合计														

第二联 会计部门记账

仓库主管：赵星云　　　　记账：黄三龙

【业务 19-2】

湖南增值税专用发票

全国统一发票监制章 湖南 国家税务总局监制

记 账 联

4301094330　　　　№ 09028868

开票日期：2010 年 12 月 23 日

购货单位	名　　称：娄底天堂百货公司 纳税人识别号：4320505488857762 地址、电话：娄底市福星路 163 号 0738-8876488 开户行及账号：工商银行娄底福星支行 8847586869	密码区	2489 －1 <9 －7 －615962848 < 032/52 > 9/2953－49741626<8－3024>82906－2－47－6 <7>2*－/>*>6/
		加密板本：	4301094330 09028868

货物或应税劳务名称	规格型号	单位	数量	单价	金额	税率	税额
铝锅	24cm	个	5 700	100	570 000.00	17%	96 900.00
合　计					¥570 000.00		¥96 900.00
价税合计（大写）	⊗ 陆拾陆万陆仟玖佰元整				（小写）¥666 900.00		

销货单位	名　　称：兴娄锅业红公司 纳税人识别号：431311555666777 地址、电话：娄底市贤童街 125 号 0738-8329504 开户行及账号：中国建设银行娄底支行 9005600589400351234	备注	兴娄锅业红公司 431311555666777 发票专用章

收款人：刘五才　　复核：王二　　开票人：黄三龙　　销货单位：（章）

第一联 记账联 销货方记账凭证

【业务19-3】

中国建设银行进账单（受理回单）

填制日期　2010年12月23日　　　　第1号

付款人	全　称	娄底天堂百货公司	收款人	全　称	兴娄锅业红公司								
	账　号	8013642741		账　号	9005600589400351234								
	开户银行	农业银行向农支行		开户银行	中国建设银行娄底长青支行								
人民币（大写）	陆拾陆万陆仟玖佰元整			千	百	十	万	千	百	十	元	角	分
					¥	6	6	6	9	0	0	0	0
票据种类	转账支票			此联不作收款用									
票据张数	1张												
单位主管　会计　复核　记账				受理银行盖章									

中国建设银行娄底支行 10.12.23 转讫

此联是收款人开户行交给收款人的受理回单

【业务20-1】

湖南增值税专用发票

抵扣联

全国统一发票监制章 湖南 国家税务总局监制

4301013960　　　　**№ 11018964**

开票日期：2010年12月20日

购货单位	名　　称：兴娄锅业红公司 纳税人识别号：431311555666777 地址、电话：娄底市贤童街125号 0738-8329504 开户行及账号：中国建设银行娄底支行 9005600589400351234				密码区	2562—686 <8-4-1271 9<122@ 636<222	加密板本：01 4301013960 11018964	
货物或应税劳务名称	规格型号	单位	数量	单价	金　额	税率	税　额	
电		度	4600	1.10	5 060.00	17%	860.20	
合　计					¥5 060.00		¥860.20	
价税合计（大写）	⊗伍仟玖佰贰拾元零贰角整				（小写）¥5 920.20			
销货单位	名　　称：娄底市电业局 纳税人识别号：431311555577776 地址、电话：娄底市长青街 0738-8263126 开户行及账号：中国建设银行娄底支行 9005600694402245169				备注			

收款人：刘奇　　复核：袁莉　　开票人：杨民　　销货单位（章）

娄底市电业局 431311555577776 发票专用章

第二联 抵扣联 购货方抵扣凭证

【业务20-2】

湖南增值税专用发票

发票联

4301013960　　　　　　　　　　　　　　№ 11018964

开票日期：2010年12月20日

购货单位	名称：兴娄锅业红公司 纳税人识别号：431311555666777 地址、电话：娄底市贤童街125号0738-8329504 开户行及账号：中国建设银行娄底支行9005600589400351234			密码区	2562—686 <8-4-1271 9<122@ 636<222		加密板本：01 4301013960 11018964
货物或应税劳务名称	规格型号	单位	数量	单价	金额	税率	税额
电		度	4600	1.10	5060.00	17%	860.20
合计					￥5060.00		￥860.20
价税合计（大写）	⊗伍仟玖佰贰拾元零贰角整				（小写）￥5 920.20		
销货单位	名称：娄底市电业局 纳税人识别号：431311555577776 地址、电话：娄底市长青街0738-8263126 开户行及账号：中国建设银行娄底支行9005600694402245169			备注	娄底市电业局 431311555577776 发票专用章		

第三联 发票联 购货方记账凭证

收款人：刘奇　　复核：袁莉　　开票人：杨民　　销货单位（章）

【业务20-3】

委收号码：第0654号

委托收款凭证（付款通知）

委电

委托日期：2010年12月22日　　　　付款日期2010年12月23日

付款人	全称	兴娄锅业红公司	收款人	全称	娄底市电业局		
	账号或地址	9005600589400351234		账号或地址	9005600694402245169		
	开户银行	中国建设银行娄底支行		开户银行	建行娄底支行	行号	26568
委收金额	人民币（大写）	伍仟玖佰贰拾元零贰角整			千百十万千百十元角分	￥592020	
款项内容	11月份电费	委托收款凭据名称	电费增值税专用发票		附寄单证张数	2张	
备注			付款人注意：1.应于见票当日通知开户银行划款。 2.如需拒付，应在规定期限内，将拒付理由书并附债务证明交退开户银行。				

中国建设银行娄底支行 10.12.22 转讫

电划

此联付款人开户银行给付款人按期付款的通知

单位主管　　会计　　复核　　记账　　付款人开户银行盖章 2010年12月22日

【业务 21-1】

湖南增值税专用发票

全国统一发票监制 湖南 国家税务总局监制

抵 扣 联

4301209997 № 10016559

开票日期：2010 年 12 月 23 日

购货单位	名 称：兴娄锅业红公司 纳税人识别号：431311555666777 地址、电话：娄底市贤童街 125 号 0738-8329504 开户行及账号：中国建设银行娄底支行 9005600589400351234				密码区	562—686 <1-6-1271 73<122@ 686<58	加密板本：01 43001024300 0120526
货物或应税劳务名称	规格型号	单位	数量	单价	金 额	税率	税 额
水		吨	1 100	2.4	2 640.00	13%	343.20
合 计					¥2 640.00		¥343.20
价税合计（大写）	⊗贰仟玖佰捌拾叁元贰角整				（小写）¥2 983.20		
销货单位	名 称：娄底市自来水公司 纳税人识别号：431311166677778 地址、电话：娄底市长青街 0738-8253111 开户行及账号：中国建设银行娄底支行 9005600589400145123				备注		

收款人：张青 复核：王平 开票人：杨浩 销货单位（章）

娄底市自来水公司 431311 16667778 发票专用章

第二联 抵扣联 购货方抵扣凭证

【业务 21-2】

湖南增值税专用发票

全国统一发票监制 湖南 国家税务总局监制

发 票 联

4301209997 № 10016559

开票日期：2010 年 12 月 23 日

购货单位	名 称：兴娄锅业红公司 纳税人识别号：431311555666777 地址、电话：娄底市贤童街 125 号 0738-8329504 开户行及账号：中国建设银行娄底支行 9005600589400351234				密码区	562—686 <1-6-1271 73<122@ 686<58	加密板本：01 4301209997 10016559
货物或应税劳务名称	规格型号	单位	数量	单价	金 额	税率	税 额
水		吨	1 100	2.4	2 640.00	13%	343.20
合 计					¥2 640.00		¥343.20
价税合计（大写）	⊗贰仟玖佰捌拾叁元贰角整				（小写）¥2 983.20		
销货单位	名 称：娄底市自来水公司 纳税人识别号：431311166677778 地址、电话：娄底市长青街 0738-8253111 开户行及账号：中国建设银行娄底支行 9005600589400145123				备注		

收款人：张青 复核：王平 开票人：杨浩 销货单位（章）

娄底市自来水公司 431311 16667778 发票专用章

第三联 发票联 购货方记账凭证

【业务21-3】

委收号码：第0789号

委电

委托收款凭证（付款通知）

委托日期：2010年12月22日　　　　付款日期 2010年12月23日

付款人	全　称	兴娄锅业红公司	收款人	全　称	娄底市自来水公司		
	账号或地址	900560058940035123 4		账号或地址	900560058940014512 3		
	开户银行	中国建设银行娄底支行		开户银行	建行娄底支行	行号	26569

委收金额	人民币（大写） 贰仟玖佰捌拾叁元贰角整	千	百	十	万	千	百	十	元	角	分
					¥	2	9	8	3	2	0

款项内容	11月份水费	委托收款凭据名称	水费增值税专用发票	附寄单证张数	2张
备注	电划		付款人注意：1.应于见票当日通知开户银行划款。2.如需拒付，应在规定期限内，将拒付理由书并附债务证明交退开户银行。		

此联付款人开户银行给付款人按期付款的通知

中国建设银行娄底支行 10.12.22 转讫

单位主管　　会计　　复核　　记账　　付款人开户银行盖章 2010年12月22日

【业务22】

固定资产折旧计提表

2010年12月24日　　　　单位：元

部门 \ 类别	房屋建筑物	机器设备	运输设备	办公设备	合　计
生产车间					
——压铸车间	1 050.00	4 484.54			5 534.54
——金工车间	1 014.61	5 886.74			6 901.35
——喷涂包装车间	1 352.66	1 213.54			2 566.20
行政管理部门	1 343.33		558.83	7 525.40	9 427.56
合　计	4 760.60	11 584.82	558.83	7 525.40	2 4429.65

制单：黄三龙

【业务23-1】

银行电汇凭证（收账通知）

委托日期 2010年12月25日

<table>
<tr><td rowspan="3">汇款人</td><td>全称</td><td colspan="2">辽宁嘉中公司</td><td rowspan="3">收款人</td><td>全称</td><td colspan="10">兴娄锅业红公司</td></tr>
<tr><td>账号
住址</td><td colspan="2">2001530660076809875
大连市嘉中路5号</td><td>账号
住址</td><td colspan="10">431311555666777
娄底市贤童街125号</td></tr>
<tr><td>汇出
地点</td><td colspan="2">辽宁省 大连 市/县</td><td>汇入
地点</td><td colspan="10">湖南省 娄底 市/县</td></tr>
<tr><td colspan="2">汇出行名称</td><td colspan="2">中国工商银行大连前门支行</td><td colspan="2">汇入行名称</td><td colspan="10">中国建设银行娄底支行</td></tr>
<tr><td colspan="2" rowspan="2">金 额</td><td colspan="4" rowspan="2">人民币（大写）：伍仟元整</td><td>千</td><td>百</td><td>十</td><td>万</td><td>千</td><td>百</td><td>十</td><td>元</td><td>角</td><td>分</td></tr>
<tr><td></td><td></td><td></td><td>¥</td><td>5</td><td>0</td><td>0</td><td>0</td><td>0</td><td>0</td></tr>
<tr><td colspan="3">款项已汇入收款人账户

汇出行签章</td><td colspan="13">支付密码
附加信息及用途：
2009年12月已经确认的坏账

复核： 记账：</td></tr>
</table>

中国工商银行大连前门支行
10. 12. 25
转讫

此联给收款人的收账通知

【业务23-2】

坏账收回确认书

2010年12月25日　　单位：元

欠款单位	辽宁嘉中公司	坏账确认时间	2009年12月30日
欠款金额	5 000.00	坏账收回时间	2010年12月25日
收回金额	5 000.00	坏账收回原因	对方企业重组

主管：王平　　制单：赵文

【业务 24】

账存实存对比表

单位名称：　　　　　　2010 年 12 月 27 日　　　　　　单位：元

材料名称	计量单位	单价	实存		账存		对比结果				备注
							盘盈		盘亏		
			数量	金额	数量	金额	数量	金额	数量	金额	
铝锭	千克		8 975.00								审批结果：盘盈材料充减管理费用，盘亏材料责成保管员赔偿。
涂料	千克		784.00								

仓库主管：赵星云　　　　　　制单：

【业务 25-1】

湖南省娄底市服务行业统一发票

记账联

客户：蜻蜓渔具公司　　　　2010 年 12 月 28 日　　　　(2010) 6 号 №0003356

项目	规格	单位	数量	金额 万	千	佰	十	元	角	分	
门面租金					5	0	0	0	0	0	
金额(大写)：伍仟元整				¥	5	0	0	0	0	0	

收款单位盖章（未盖章无效）　开票人：李□英　　收款人：刘五才

【业务 25-2】

中国建设银行**进账单**（收账通知）

填制日期　2010 年 12 月 28 日　　　　第 **3** 号

付款人	全　称	蜻蜓渔具公司	收款人	全　称	兴娄钢业红公司
	账　号	9005600129400776689		账　号	9005600589400351234
	开户银行	中国建设银行娄底支行		开户银行	中国建设银行娄底支行
人民币（大写）	伍仟元整			千 百 十 万 千 百 十 元 角 分	¥ 5 0 0 0 0 0
票据种类	转账支票		门面租金		
票据张数	1 张				
单位主管　会计　复核　记账			受理银行盖章		

中国建设银行娄底支行 10.12.28 转讫

此联是收款人开户行交给收款人的收账通知

【业务 26】要求完成表内计算。

电费计提表

2010 年 12 月 31 日

部　门		电费使用度数（度）	计提率	电费计提金额（元）
生产车间	生产用			
	——压铸车间	1 500		
	——金工车间	1 000		
	——喷涂包装车间	1 200		
	小　计	3 700	1.10	4 070
	照明用			
	——压铸车间	42		
	——金工车间	28		
	——喷涂包装车间	30		
	小　计	100	1.10	110
行政管理部门		800		880
销售部门		200		220
合　计		4 800	1.10	5 280

复核：王二喜　　　　制单：黄三龙

【业务27】要求完成表内计算。

水费计提表

2010年12月31日

部门		水费使用吨数（吨）	计提率	水费计提金额（元）
生产车间	生产耗用			
	——压铸车间	400		
	——金工车间	200		
	——喷涂包装车间	300		
	小　计	900	2.40	
	一般耗用			
	——压铸车间	30		
	——金工车间	25		
	——喷涂包装车间	25		
	小　计	80	2.40	
行政管理部门		150	2.40	
销售部门		70	2.40	
合　计		1 200	2.40	2 880

复核：王二喜　　　　制单：黄三龙

【业务28-1】要求完成表内计算。

2010年2月工资分配表

2010年12月31日　　　　单位：元

部门		应付工资	代扣款项						实发工资
			养老费8%	医疗费2%	失业费1%	住房金12%	个人所得税	合计	
压铸车间	生产工人	44 011.00							
	管理人员	14 458.00							
	小　计	58 469.00							
金工车间	生产工人	40 166.00							
	管理人员	14 406.00							
	小　计	54 572.00							
喷涂包装车间	生产工人	49 526.00							
	管理人员	13 352.00							
	小　计	62 878.00							
行政管理人员		11 000.00							
销售人员		1 731.00							
合　计		188 650.00	15 092.00	3 773.00	1 886.50	22 638.00	0	43 389.50	145 260.50

复核：刘雄　　　　制单：彭华

【业务 28-2】要求完成表内计算。

2010 年 12 月工资、工会经费、职工教育经费分配表

2010 年 12 月 31 日　　单位：元

部门		应付工资	工会经费（2%）	职工教育经费（1.5%）	合计
压铸车间	生产工人	44 011.00			
	管理人员	14 458.00			
	小计	58 469.00			
金工车间	生产工人	40 166.00			
	管理人员	14 406.00			
	小计	54 572.00			
喷涂包装车	生产工人	49 526.00			
	管理人员	13 352.00			
	小计	62 878.00			
行政管理人员		11 000.00			
销售人员		1 731.00			
合计		188 650.00	3 773.00	2 829.75	6 602.75

复核：王二喜　　制单：黄三龙

【业务 29】要求完成表内计算。

2010 年 12 月五险一金分配表

2010 年 12 月 31 日　　单位：元

部门		应付工资	住房公积费（12%）	养老保险费（20%）	医疗保险费（6%）	失业保费（2%）	生育保险费（1%）	工伤保险费（2%）	合计
压铸车间	生产工人	44 011.00							19 364.84
	管理人员	14 458.00							6 361.52
	小计	58 469.00							
金工车间	生产工人	40 166.00							17 673.04
	管理人员	14 406.00							6 338.64
	小计	54 572.00							
喷涂包装车间	生产工人	49 526.00							21 791.44
	管理人员	13 352.00							5 874.88
	小计	62 878.00							
行政管理人员		11 000.00							4 840.00
销售人员		1 731.00							5 095.64
合计		18 8650.00							83 006.00

复核：王二喜　　制单：黄三龙

【业务 30-1】

中国建设银行

转账支票存根（湘）

VIV 20102506

附加信息

出票日期 2010 年 12 月 31 日

收款人：	工资结算户
金　额：	¥198000.00
用　途：	奖金

单位主管 王二喜　会计 黄三龙

【业务 30-2】

中国建设银行**进账单**（收账通知）

填制日期　2010 年 12 月 31 日　　第 **3** 号

付款人	全　称	兴娄锅业红公司	收款人	全　称	兴娄锅业红公司
	账　号	9005600589400351234		账　号	50831742010386
	开户银行	中国建设银行娄底支行		开户银行	中国建设银行娄底支行

人民币（大写）	壹拾玖万捌仟元整	千	百	十	万	千	百	十	元	角	分
			¥	1	[illegible]	8	0	0	0	0	0

票据种类		受理银行盖章
票据张数	1 张	
单位主管　会计　复核　记账		

中国建设银行
娄底支行
10.12.31
收讫

此联是收款人开户行交给收款人的收账通知

【业务 30-3】要求完成表内计算。

2010 年 12 月奖金结算表

2010 年 12 月 31 日　　　　　　　　　　　　单位：元

部门		人数	人均奖金	合计
压铸车间	生产工人	15		33 000
	管理人员	5		11 000
	小　计	20		44 000
金工车间	生产工人	15		33 000
	管理人员	5		11 000
	小　计	20		44 000
喷涂包装车间	生产工人	23		50 600
	管理人员	7		15 400
	小　计	30		66 000
行政管理人员		10		22 000
销售人员		10		22 000
合　计		90		198 000

复核：黄三龙　　　　　制单：刘五才

【业务 31-1】

湖南省娄底市广告业务统一发票
发票联

发票代码：43040600385
发票号码：32857355832

客户：兴娄锅业红公司　　　　2010 年 12 月 31 日

项　目	单位	数量	单价	金额 万	千	百	十	元	角	分	备　注
产品广告	月	1	[illegible]		4	5	0	0	0	0	
合计（大写）⊗万肆仟伍佰零拾零元零角零分　（小写）¥4500.00											
收款单位（章）　　开票人 李红											

娄底市广告公司 发票专用章

③发票联

【业务 31-2】

中国建设银行
转账支票存根（湘）
VIV 20102507
附加信息

出票日期 2010 年 12 月 31 日

收款人：	娄底市广告公司
金 额：	¥4500.00
用 途：	广告费

单位主管 王二喜 会计 黄三龙

【业务 32-1】要求完成表内计算。

产品出库单

购货单位：本单位　　2010 年 12 月 31 日　　编号：201004

产品编号	产品名称	规格	单位	数量		单价	金额							
				请发	实发		十	万	千	百	十	元	角	分
	铝锅	24cm	只	90	90									
合 计														

第二联 会计部门记账

仓库主管：赵星云　　记账：黄三龙

【业务 32-2】

2010 年 12 月职工福利发放表

2010 年 12 月 31 日　　单位：元

部门		发放铝锅数量	铝锅公允单价	铝锅单位增值税	金额
压铸车间	生产工人	15	197	33.49	3 457.35
	管理人员	5	197	33.49	1 152.45
	小　计	20			
金工车间	生产工人	15	197	33.49	3 457.35
	管理人员	5	197	33.49	1 152.45
	小　计	20			
喷涂包装车	生产工人	23	197	33.49	5 301.27
	管理人员	7	197	33.49	1 613.43
	小　计	30			
行政管理人员		10	197	33.49	2 304.90
销售人员		10	197	33.49	2 304.90
合　计		90			2 0744.10

复核：黄三龙　　制单：刘五才

【业务 33】要求完成表内计算。

2010 年 12 月制造费用分配表

2010 年 12 月 31 日　　单位：元

车间名称	结转金额
压铸车间	
金工车间	
喷涂包装车间	
合　计	

复核：王二喜　　制单：黄三龙

【业务 34-1】要求完成表内计算。

2010 年 12 月产品成本计算单

2010 年 12 月 31 日

生产车间：压铸车间　　产品：铝锅　　产量：7200

单位：元

项　目	直接材料	直接人工	制造费用	合　计
月初在产品成本				
本月发生费用				
生产费用合计				
计入产成品成本份额				
月末在产品成本				

复核：王二喜　　制单：黄三龙

【业务 34-2】要求完成表内计算。

2010 年 12 月产品成本计算单

2010 年 12 月 31 日

生产车间：金工车间　　产品：铝锅　　产量：7200

单位：元

项　目	直接材料	直接人工	制造费用	合　计
月初在产品成本				
本月发生费用				
生产费用合计				
计入产成品成本份额				
月末在产品成本				

复核：王二喜　　制单：黄三龙

【业务 34-3】要求完成表内计算。

2010 年 12 月产品成本计算单

2010 年 12 月 31 日

生产车间：喷涂包装车间　　产品：铝锅　　产量：7200

单位：元

项　　目	直接材料	直接人工	制造费用	合 计
月初在产品成本				
本月发生费用				
生产费用合计				
计入产成品成本份额				
月末在产品成本				

复核：王二喜　　制单：黄三龙

【业务 34-4】要求完成表内计算。

2010 年 12 月铝锅产成品汇总表

单位：元

车间份额	产　　量	直接材料	直接人工	制造费用	合　　计
压铸车间					
金工车间					
喷涂包装车间					
合　　计					
单位成本					

复核：王二喜　　制单：黄三龙

【业务 35-1】

借款利息计算表

2010 年 12 月 31 日　　　　单位：元

借款本金	借入时间	借款期限	年 利 率	本季度利息	备　注
100 000.00	2010 年 10 月 1 日	1 年	5.30%	1 325．00	每季末支付
合　计				1 325．00	

注：金额较少，不按月计提。

中国建设银行娄底支行
10.12.23
转讫

【业务 35-2】

中国建设银行

转账支票存根（湘）

VIV 20102508

附加信息

出票日期 2010 年 12 月 31 日

收款人：	中国建设银行娄底支行
金　额：	¥1325.00
用　途：	2010 第四季度借款利息

单位主管 王二喜　会计 黄三龙

【业务36】要求完成表内计算。

营业税金及附加计算表

2010年12月31日

项　　目	金额（元）
增值税销项税额	
增值税进项税额	
增值税进项税额转出	
应交增值税额	
应交房产税	
应交营业税	
应交城市维护建设税（7%）	
应交教育费附加（4.5%）	

复核：王二喜　　　　制单：黄三龙

【业务37】

无形资产摊销表

2010年12月31日　　　　单位：元

无形资产名称	本月摊销额
专利技术	675
合　　计	675

复核：王二喜　　　　制表：黄三龙

【业务 38-1】

湖南省邮电管理局报刊费收据　　NO. 006437

户名:兴娄锅业红公司　　(公费订阅)

地址：娄底市贤童街 125 号

报刊代号—名称	起止订期	订阅份数	单价	共计款额
报纸五种	2011/1～12	11		¥4 200.00
备　注				
订户注意	1.请核对填写的内容是否正确 2.本收据款额如有涂改或未加盖日戳和收费人员签章无效 3.如有查询等事项请交验收据	收费人员：刘　云	娄底市育才路邮电支局 报刊费收据专用章 10.12.31	

【业务 38-2】

报刊订阅清单

订阅单位：兴娄锅业红公司

地　　址：娄底市贤童街 125 号

订阅单位经手人：胡小明　　电话:0738-8329504　　2010 年 12 月 31 日

分号	代号	报刊名称	起止订期	份数	月（季）价（元）	合计金额（元）	备　注
1	1-1	人民日报	2011/1-12	3		1 095.00	
2	1-30	湖南日报	2011/1-12	3		985.00	
3	3-1	潇湘晨报	2011/1-12	3		1 095.00	
4	3-3	文汇报	2011/1-12	3		865.00	
5	3-31	组织人事报	2011/1-12	1		160.00	
共计（本页合计）5 种 132 份			金额¥4 200.00 元				

附注：1.报纸、杂志分单填写各一式两份。

2.本单不作收款凭证，收款以报刊费收据为凭。

刘民

邮政局复核

2010 年 12 月 31 日

【业务 38-3】

中国建设银行
转账支票存根（湘）
VIV 20102509
附加信息

出票日期 2010 年 12 月 31 日

收款人：	娄底市育才路邮电支局
金　额：	¥4200.00
用　途：	报刊杂志订阅费

单位主管 王二喜　会计 黄三龙

【业务 39-1】

中国建设银行娄底支行对账单

户名：兴娄锅业红公司　　科目号：人民币　　第 12101 页

账号：9005600589400351234　　单位：元

日　期	摘　要	对方客户	凭证种类号码	借　方	贷　方	余　额
2010.12.01	承上月余额					778 489.25
12.01	现金支出	兴娄锅业红公司	现金支票 5632	12 000		766 489.25
12.03	现金支出	长沙市顺发公司	委托收款	99 450		667 039.25
12.08	现金支出	狮山区国税局	转账支票 2502	5 200		661 839.25
12.10	现金支出	河南机械公司	电汇	166 725		495 114.25
12.10	现金支出	建设银行娄底支行		10		495 104.25
12.13	现金支出	湘潭东方大地公司	信汇	25 740		469 364.25
12.13	现金支出	建设银行娄底支行		4.25		469 360.00
12.14	现金支出	工资结算户	转账支票 2503	145 260.50		324 099.50
12.17	现金收款	昌盛百货公司	进账单		72 000	396 099.50
12.18	现金支出	致天律师事务所	转账支票 2504	1 500		394 599.50
12.20	现金支出	东方慈善总会	转账支票 2505	5 000		389 599.50
12.23	现金收款	娄底天堂百货公司	进账单		666 900	1 056 499.50
12.23	现金支出	娄底市电业局	委托收款	5 920.20		1 050 579.30
12.23	现金支出	娄底市自来水公司	委托收款	2 983.20		1 047 596.10
12.25	现金收款	辽宁嘉中公司	电汇		6 000	1 053 596.10
12.28	现金收款	蜻蜓渔具公司	进账单		5 000	1 058 596.10
12.31	现金支出	工资结算户	转账支票 2506	198 000		860 596.10
12.31	现金支出	娄底市广告公司	转账支票 2507	4 500		856 096.10
12.31	现金支出	建设银行娄底支行	转账支票 2508	1 325		854 771.10

【业务 39-2】要求完成表内计算。

银行存款余额调节表

编制日期：　　年　　月　　日　　　　单位：元

企业银行存款日记账		银行对账单	
项　　目	金　　额	项　　目	金　　额
银行存款日记账余额		银行对账单余额	
加：银行已收，企业未收		加：企业已收，银行未收	
减：银行已付，企业未付		减：企业已付，银行未付	
调节后余额		调节后余额	

编制人：

【业务 40】要求完成表内计算。

产品销售成本计算单

2010 年 12 月 31 日　　　　单位：元

产品名称	计量单位	销售数量	单位成本	金　额
合　计				

制表人：黄三龙　　　　复核：王二喜

【业务41】要求完成表内计算。

损益类账户发生额汇总表

2010年12月31日　　单位：元

项　目	借方金额	贷方金额
主营业务收入		
其他业务收入		
主营业务成本		
营业税金及附加		
其他业务成本		
管理费用		
销售费用		
财务费用		
投资收益		
所得税费用		
资产减值损失		
合　计		

【业务42】12月31日结转本年利润至利润分配。

【业务43】12月31日计算提取法定盈余公积。

二、实训企业2011年1月经济业务原始凭证

【业务44-1】要求完成表内计算。

领 料 单

领料部门：压铸车间

领料用途：生产用　　2011年 1月 5日　　第 001 号

材料编码	材料名称	单位	请领数量	实领数量	实际单价	金额 十	万	千	百	十	元	角	分
	铝锭	千克	5 200	5 200									
	煤	千克	3 800	3 800									
附件：	张		合　计										

第二联：交会计部门

仓库主管：于洋　　记账：李兰　　发料：张利　　领料：王海

【业务 44-2】要求完成表内计算。

领 料 单

领料部门：金工车间

领料用途：生产用　　　　2011 年 1 月 5 日　　　　第 002 号

材料编码	材料名称	单位	请领数量	实领数量	实际单价	金额							
						十	万	千	百	十	元	角	分
	碎布	包	90	90									
附件：　张			合　计										

第二联：交会计部门

仓库主管：于洋　　记账：李兰　　发料：张利　　领料：王海

【业务 44-3】要求完成表内计算。

领 料 单

领料部门：喷涂包装车间

领料用途：生产用　　　　2011 年 1 月 5 日　　　　第 003 号

材料编码	材料名称	单位	请领数量	实领数量	实际单价	金额							
						十	万	千	百	十	元	角	分
	涂料	千克	400	400									
	手柄	个	1 100	1 100									
	锅盖	个	1 100	1 100									
	纸箱	个	256	256									
附件：　张			合　计										

第二联：交会计部门

仓库主管：于洋　　记账：李兰　　发料：张利　　领料：王海

【业务 45】

中国建设银行

现金支票存根（湘）

VIV 20105633

附加信息

出票日期 2011 年 01 月 06 日

收款人：	兴娄锅业红公司
金　额：	¥12000.00
用　途：	提现备用

单位主管 王二喜　会计 黄三龙

【业务 46-1】

中华人民共和国
税收通用完税证　　国

注册类型：有限责任公司　　填发日期：2011 年 1 月 8 日　　征收机关：娄兴区国税局税源十科

纳税人代码	431311555666777	地址	娄底市贤童街 125 号
纳税人名称	兴娄锅业红公司	税款所属时期	2010-12-01 至 2010-12-31

税　种	品目名称	课税数量	计税金额或销售收入	税率或单位税额	已缴或扣税额	实缴金额
增值税	制造业（17%）			17%		71474.32
金额合计	（大写）柒万壹仟肆佰柒拾肆元叁角贰分					

税务机关（章）	委托代征单位（盖章）	填票人（章）	备注	税票号码：
娄底市娄兴区国家税务局 征收专用章		王科湖		02388542 税管员：李宏

第二联（收据）交纳税人作完税凭证

【业务46-2】

中国建设银行

转账支票存根（湘）

VIV 20221611

附加信息

出票日期 2011年 1月8日

收款人：	娄兴区国税局
金 额：	¥71474.32
用 途：	缴纳税款

单位主管 王二喜 会计 黄三龙

【业务46-3】

中华人民共和国

税收通用完税证 地

（2010）湘地完电：№：02388542

注册类型：有限责任公司 填发日期：2011年1月8日 征收机关：娄兴区地税局管理3科

纳税人代码	431311555666777			地址	娄底市贤童街125号	
纳税人名称	兴娄锅业红公司			税款所属时期	2010-12-01至2010-12-31	
税种	品目名称	课税数量	计税金额或销售收入	税率或单位税额	已缴或扣税额	实缴金额
城市维护建设税—增值税、营业税			5 200.00	7%		364.00
教育费附加税—增值税、营业税			5 200.00	4.5%		234.00
金额合计	（大写）伍佰玖拾捌元整					
税务机关（盖章）	委托代征单位（盖章）		填票人(章) 李玉	备注	税票号码：02388542 税管员：黄华	

现金付讫

第二联（收据） 交纳税人作完税凭证

【业务46-4】

中华人民共和国
税收通用完税证 地

（2010）湘地完电：№：02388542

注册类型：有限责任公司　　填发日期：2011年1月8日　　征收机关：娄兴区地税局管理3科

纳税人代码	431311555666777			地址	娄底市贤童街125号	
纳税人名称	兴娄锅业红公司			税款所属时期	2010-12-01至2010-12-31	
税种	品目名称	课税数量	计税金额或销售收入	税率或单位税额	已缴或扣税额	实缴金额
营业税			5 000.00	5%		250.00
金额合计	（大写）贰佰伍拾元整					
税务机关（盖章）	委托代征单位（盖章）		填票人（章）李玉	备注	税票号码：02388542 税管员：黄华	

第二联（收据）交纳税人作完税凭证

现金付讫

【业务47】

国家税务局系统
行政性收费专用收据

国财.3408　　№0887447999

2011年1月8日　　征收机关：娄兴区国税局

纳税人识别号	431311555666777	交款单位	兴娄锅业红公司
项目	单价（元）	数量	金额（元）
专用发票收费	0.55	50份	27.50
普通发票收费	4	4本	16.00
金额合计（小写）			43.50
金额合计（大写）人民币肆拾叁元伍角零分			
税务机关	填票人：肖小	备注	现金付讫

【业务 48-1】

中国平安保险公司
保 费 发 票

代码：67789

发票号：45654

交款单位名称：兴娄锅业红公司　　收款日期：2011 年 1 月 9 日

保险合同组号：78845	险种名称：财险	交款方式：转账	项目：
保险合同号/汇交事件号	保险期间	起止日期	金额
Jcx2508/jcx3360	一年	2011 年 1 月 1 日至 2011 年 12 月 31 日	7 000.00
代收车船使用税			1 268.00
合计：人民币 捌仟贰佰陆拾捌元整		￥8 268.00 元	
会计：王雪纯	业务员：田潇潇	工号：023	收款员：刘 芳

营业单位：娄底市平安保险公司 保费专用章

【业务 48-2】

中国建设银行
转账支票存根（湘）
VIV 20221612
附加信息

出票日期 2011 年 1 月 9 日

收款人：	娄底市平安保险公司
金 额：	¥8268.00
用 途：	车辆保险费及车船使用税

单位主管 王二喜　会计 黄三龙

【业务 49-1】

湖南增值税专用发票

抵 扣 联

4300094330 № 00044565

开票日期：2011 年 1 月 10 日

购货单位	名　　称：兴娄锅业红公司 纳税人识别号：431311555666777 地址、电话：娄底市贤童街 125 号 0738-8329504 开户行及账号：建设银行娄底长青支行 9005600589400351234				密码区	2216—2<-12>> 3<45>241698= -53>-×15=251	加密板本：01 4300094330 00044565
货物或应税劳务名称	规格型号	单位	数量	单价	金　额	税率	税　额
涂料		千克	400	55.00	22 000.00	17%	3 740.00
合　计					¥ 22 000.00		¥ 3 740.00
价税合计（大写）	贰万伍仟柒佰肆拾元整				（小写）¥ 25 740.00		
销货单位	名　　称：株洲五星涂料公司 纳税人识别号：431301855664510 地址、电话：株洲市江南东路 0731-88253100 开户行及账号：建行江南支行 9018989612345145447				备注	株洲五星涂料公司 431301855664510 发票专用章	

收款人：王峰　　复核：陈平　　开票人：李关　　销货单位（章）

第二联 抵扣联 购货方抵扣凭证

【业务 49-2】

湖南增值税专用发票

发 票 联

4300094330 №00044565

开票日期：2011 年 1 月 10 日

购货单位	名　　称：兴娄锅业红公司 纳税人识别号：431311555666777 地址、电话：娄底市贤童街 125 号 0738-8329504 开户行及账号：建设银行娄底长青支行 9005600589400351234				密码区	2216—2<-12>> 3<45>241698= -53>-×15=251	加密板本：01 4300094330 00044565
货物或应税劳务名称	规格型号	单位	数量	单价	金　额	税率	税　额
涂料		千克	400	55.00	22 000.00	17%	3 740.00
合　计					¥ 22 000.00		¥ 3 740.00
价税合计（大写）	贰万伍仟柒佰肆拾元整				（小写）¥ 25 740.00		
销货单位	名　　称：株洲五星涂料公司 纳税人识别号：431301855664510 地址、电话：株洲市江南东路 0731-88253100 开户行及账号：建行江南支行 9018989612345145447				备注	株洲五星涂料公司 431301855664510 发票专用章	

收款人：王峰　　复核：陈平　　开票人：李关　　销货单位（章）

第三联 发票联 购货方记账凭证

【业务 49-3】

收 料 单

材料科目：　　　　　　　　　　　　　　　　　　　　编　　号：121

材料类别：　　　　　　　　　　　　　　　　　　　　收料仓库：原村料库

供应单位：株洲五星涂料公司　　　　2011 年 1 月 10 日　　　　发票号码：00044565

材料编号	材料名称	规格	计量单位	数量		实际价格（元）			
				应收	实收	单价	发票金额	运费	合计
	涂料		千克	400	400	55.00	22 000.00		22 000.00
备注									

采购员：张三　　　检验员：谢军　　　记账员：李兰　　　保管员：李渊

【业务 50】

湖南省货物销售发票

发票联

除付款单位项目外手工填写无效　湘国税　发印字　(2010) 第 024

发票代码：141011920590

发票号码：17635046

机打号码：19325642

机器编号：174593021999

收款单位：娄底华联有限公司

税　　号：431311196604567

开票日期：2011-01-11　收款员：管理员

付款单位：兴娄钢业红公司

项目	单价	数量	金额
打印纸	120.00	20.00	2 400.00

娄底华联有限公司 发票专用章

现金付讫

小写合计：￥2 400.00

大写合计：贰仟肆佰元整

【业务51】

湖南省电信有限公司娄底市分公司电信业专业发票

发票联

发票代码 012459632145

发票号码 23564478

序号：201477895789　　日期：2011年1月12日

号码：0738-8329504			业务种类：	
用户名称：兴娄锅业红公司				备　注：
项　目	金　额	项　目	金　额	
月租费	30.00	其他费	150.00	
市话费	208.80			
长话费	511.20			
大写金额	玖佰元整　现金付讫		小写金额	￥900.00
说明	1．本发票仅限于中国电信各类电信业务。2．本发票手工填制无效。3．本发票使用到2011年底，过期作费。			

收款单位盖章：湖南省电信有限公司娄底市分公司发票专用章　开票人：陈静若　收款人

【业务52】

湖南省电信有限公司娄底市分公司电信业专业发票

发票联

发票代码 033467632569

发票号码 54633396

序号：202233899966　　日期：2011年1月12日

号码：0738-8329504			业务种类：	
用户名称：兴娄锅业红公司				备注：
项　目	金　额	项　目	金　额	
2011年度宽带费	800.00			
大写金额	捌佰元整　现金付讫		小写金额	￥800.00
说明	1．本发票仅限于中国电信各类电信业务。2．本发票手工填制无效。3．本发票使用到2011年底，过期作费。			

收款单位盖章：湖南省电信有限公司娄底市分公司发票专用章　开票人：张瑶　收款人

【业务53】

湖南省娄底市服务行业统一发票

记 账 联

客户：兴娄锅业红公司　　2011年1月12日　　(2010) 6号 №0004975

项　目	规格	单位	数量	金额 万	千	佰	十	元	角	分	
电子报税软件维护费						2	6	8	0	0	同意报销 陈兴姜
金额(大写)：贰佰陆拾捌元整					¥	2	6	8	0	0	

现金付讫

收款单位盖章（未盖章无效）　　开票人：李英　　收款

【业务54-1】

中国建设银行
转账支票存根（湘）
VIV 20221613
附加信息

出票日期 2011年 1月14日

收款人：	工资结算户
金　额：	¥145260.50
用　途：	支付工资

单位主管 王二喜　会计 黄三龙

【业务 54-2】

中国建设银行**进账单**（收账通知）

填制日期 2011 年 1 月 14 日　　　　第 **3** 号

<table>
<tr><td rowspan="3">付款人</td><td>全　称</td><td>兴娄锅业红公司</td><td rowspan="3">收款人</td><td>全　称</td><td colspan="10">兴娄锅业红公司</td></tr>
<tr><td>账　号</td><td>9005600589400351234</td><td>账　号</td><td colspan="10">50831742010386</td></tr>
<tr><td>开户银行</td><td>中国建设银行娄底支行</td><td>开户银行</td><td colspan="10">中国建设银行娄底支行工资户</td></tr>
<tr><td rowspan="2">人民币（大写）</td><td colspan="3" rowspan="2">壹拾肆万伍仟贰佰陆拾元零伍角整</td><td>千</td><td>百</td><td>十</td><td>万</td><td>千</td><td>百</td><td>十</td><td>元</td><td>角</td><td>分</td></tr>
<tr><td></td><td>¥</td><td>1</td><td>4</td><td>5</td><td>2</td><td>6</td><td>0</td><td>5</td><td>0</td></tr>
<tr><td>票据种类</td><td colspan="3"></td><td colspan="10" rowspan="3">中国建设银行
娄底支行
11.01.14
收讫
受理银行盖章</td></tr>
<tr><td>票据张数</td><td colspan="3">1 张</td></tr>
<tr><td colspan="4">单位主管　　会计　　复核　　记账</td></tr>
</table>

此联是收款人开户行交给收款人的收账通知

【业务 55-1】

中国建设银行

转账支票存根（湘）

VIV 20221614

附加信息

出票日期 2011 年 1 月 15 日

收款人：	娄底市住房公积金管理中心
金　额：	¥59640.00
用　途：	缴付职工住房公积金

单位主管 王二喜　会计 黄三龙

【业务 55-2】

娄底市公积金汇缴书

2011 年 1 月 15 日

单位名称	兴娄锅业红公司	汇缴: 2011 年 1 月
公积金账号	0078911100	补缴: 人数 人

缴交金额(大写)伍万玖仟陆佰肆拾元整	十	万	千	百	十	元	角	分
	¥	5	9	6	4	0	0	0

上月汇缴		本月增加汇缴		本月减少汇缴		本月汇缴	
人数	金额	人数	金额	人数	金额	人数 115	金额 59 640.00
90		25					

付款行	付款账号	支票号码
建行	1903010109024569896	029152016

中国建设银行娄底支行 11.1.15 转讫

银行盖章

第一联银行盖章后交单位记账

【业务 55-3】

2011 年 1 月市管参保单位社会保险缴费通知单

缴费方式：单位自缴　　　　　　　　　　　　　　　　　　　　　单据号码：A0100708000014570

统一征缴编码		单位名称	兴娄锅业红公司		
单位开户行	建行娄底支行	开户户名	兴娄锅业红公司	银行账号	1903010109024569896
征收机构开户行	建行新星支行	开户户名	娄底市企业职工社会保险处	银行账号	1903004589621304789

			小计	基本养老保险	失业保险	基本医疗保险	生育保险	工伤保险
本月应缴数据	缴费人数（人）	本月在职	115					
		增加						
		减少						
		本月离退						
	（1）单位缴费基数（元）			248 500	248 500	248 500	248 500	248 500
	（2）单位缴费比例（%）			20%	2%	6%	1%	2%
	（3）单位缴费额（元）		77 035	49 700	4 970	14 910	2 485	4 970
	（4）个人缴费基数（元）							
	（5）个人缴费比例（%）			8%	1%	2%		
	（6）个人缴费额（元）		27 335	19 880	2 485	4 970		
	（7）补收（退）金额（元）							
	（8）其他应缴额（元）							
	（9）抵扣应支付额（元）							
	（10）本月应缴合计（元）		104 370	69 580	7 455	19 880	2 485	4 970
（11）本月财政直接支付（元）								
（12）截止上月累计欠缴额（元）								
其中：本年欠缴额（元）								
其中：以前年度欠缴额（元）								
（13）指定预缴额（元）								
（14）滞纳金（元）								
（15）累计应缴基金总额（元）			104 370	69 580	7 455	19 880	2 485	4 970
累计应缴基金总额总计大写：壹拾万零肆仟叁佰柒拾元整						小写：￥104 370		

说明：1. 栏目关系：（3）栏=（1）栏*（2）栏；（6）栏为个人缴费额之和；

（10）栏=（3）栏+（6）栏+（7）栏+（8）栏-（9）栏；如果（10）栏<0，则为 0；

（15）栏=（10）栏+（12）栏+（13）栏+（14）栏-（11）栏。

2. 参保单位到银行缴费时，必须在有关缴费凭证的摘要栏或款项来源栏内填写本单位的统一征缴编码（填写后 6 位即可），漏填或填写模糊不清的将不予登账处理，错填统一征缴编码造成的登账错误由单位负责。

3. 业务咨询电话：0738—8884124。

制表人：　　　　　　　　　　审核人：

娄底市社会保险费征缴办公室

制表时间：2011 年 1 月 15 日

【业务 55-4】

湖南省社会保险基金收款收据

湘财（2007） No 00078945

通字

交款单位：兴娄钢业红公司　　2011 年 1 月 15 日　　单位：元

收入项目	人　数	单位缴纳	个人缴纳	滞纳金	金额
社会保险费	115	[illegible]035.00	27 335.00		104 370.00
合计金额（大写）	壹拾万零肆仟叁佰柒拾元整				104 370.00
备　注					

娄底市企业职工社会保险处 财务专用章

收款单位（财务专用章）　财务主管：　收款人　季平　手工填写无效

【业务 55-5】

中国建设银行

转账支票存根（湘）

VIV 20221615

附加信息

出票日期 2011 年 1 月 15 日

收款人：娄底市企业职工社会保险处
金　额：¥104370.00
用　途：缴付社会保险费

单位主管 王二喜　会计 黄三龙

【业务56-1】

湖南增值税专用发票

抵扣联

4300095590　　　　№ 11015834

开票日期：2011年1月16日

购货单位	名　　称：兴娄锅业红公司 纳税人识别号：431311555666777 地址、电话：娄底市贤童街125号 0738-8329504 开户行及账号：中国建设银行娄底支行 9005600589400351234			密码区	2488－1<9－7－61596274 8<032/52>9/29536－ 49741626<8－304> 829－2>2*－/>*>6/	加密版本：01 4300095590 11015834	
货物或应税劳务名称	规格型号	单位	数量	单价	金　额	税率	税　额
汽油		升	650	6.5746	4 273.50	17%	726.50
合　计					￥4 273.50		￥726.50
价税合计（大写）	⊗伍仟元整				（小写）￥5 000.00		
销货单位	名　　称：中国石油化工股份有限公司娄底分公司 纳税人识别号：431312225666777 地址、电话：娄底市长青街50号 0738-8333666 开户行及账号：建设银行娄底支行 900560012340064321			备注	中国石油化工股份有限公司娄底分公司 发票专用章		

收款人：黄平　　复核：姚磊　　开票人：许晴　　销货单位（章）

第二联 抵扣联 购货方抵扣凭证

【业务56-2】

湖南增值税专用发票

发票联

4300095590　　　　№ 11015834

开票日期：2011年1月16日

购货单位	名　　称：兴娄锅业红公司 纳税人识别号：431311555666777 地址、电话：娄底市贤童街125号 0738-8329504 开户行及账号：中国建设银行娄底支行 9005600589400351234			密码区	2488－1<9－7－61596274 8<032/52>9/29536－ 49741626<8－304> 829－2>2*－/>*>6/	加密版本：01 4300095590 11015834	
货物或应税劳务名称	规格型号	单位	数量	单价	金　额	税率	税　额
汽油		升	650	6.5746	4 273.50	17%	726.50
合　计					￥4 273.50		￥726.50
价税合计（大写）	⊗伍仟元整				（小写）￥5 000.00		
销货单位	名　　称：中国石油化工股份有限公司娄底分公司 纳税人识别号：431312225666777 地址、电话：娄底市长青街50号 0738-8333666 开户行及账号：建设银行娄底支行 900560012340064321			备注	中国石油化工股份有限公司娄底分公司 发票专用章		

收款人：黄平　　复核：姚磊　　开票人：许晴　　销货单位（章）

第三联 发票联 购货方记账凭证

【业务 56-3】

中国建设银行
转账支票存根（湘）
VIV 20221616
附加信息

____

____

出票日期 2011 年 1 月 16 日

收款人：中国石化公司娄底分公司
金 额：¥5 000.00
用 途：购加油卡

单位主管 王二喜 会计 黄三龙

【业务 57-1】

中国建设银行信汇凭证（回单）

委托日期 2011 年 1 月 20 日 No.0046125

汇款人	全 称	兴娄锅业红公司	收款人	全 称	湘潭制衣公司
	账 号	9005600589400351234		账 号	9018989612345100147
	汇出地点	湖南省娄底市/县		汇入地点	湖南省湘潭市/县
汇出行名称		建设银行娄底支行	汇入行名称		建行胜利支行

金额	千	百	十	万	千	百	十	元	角	分
人民币（大写）柒仟零贰拾元整				¥	7	0	2	0	0	0

	支付密码
汇出行签章	附加信息及用途： 复核 记账

中国建设银行娄底支行 11.01.20 转讫

此联汇出行给汇款人的回单

【业务57-2】

中国建设银行 收费凭证

2011年1月20日

户 名	兴娄锅业红公司			账 号	9005600589400351234	
收费项目	起止号码	数 量	单 价	工本费	手续费	邮电费
电汇				4.5	5.5	
金 额 小 计				4.5	5.5	

金额合计（大写）	十	万	千	百	十	元	角	分
壹拾元整				¥	1	0	0	0

中国建设银行娄底支行 11.01.20 转讫

制票：王万 复核：李额

第一联客户回单

【业务57-3】

湖南增值税专用发票

全国统一发票监制章 抵扣联 国家税务总局监制

4300094440 № 00044501

开票日期：2011年1月20日

购货单位		密码区	
名 称：兴娄锅业红公司		216—2<-12>>	加密板本：01
纳税人识别号：431311555666777		3<45>241698=	4300094440
地址、电话：娄底市贤童街125号0738-8329504		-53>-×15	00044501
开户行及账号：建设银行娄底长青支行 9005600589400351234			

货物或应税劳务名称	规格型号	单位	数量	单价	金 额	税率	税 额
碎布		包	400	15.00	6 000.00	17%	1 020.00
合 计					¥6 000.00		¥1 020.00
价税合计（大写）	柒仟零贰拾元整			（小写）¥7 020.00			

销货单位		备注
名 称：	湘潭制衣公司	
纳税人识别号：	430301855664000	
地址、电话：	湘潭市胜利东路0731-89253177	
开户行及账号：	建行胜利支行9018989612345100147	

湘潭制衣公司 430301855664000 发票专用章

收款人：周瑜 复核：陈军 开票人：胡平 销货单位（章）

第二联 抵扣联 购货方抵扣凭证

【业务 57-4】

湖南增值税专用发票

发 票 联

4300094440　　　　　　　　　　　　　　　　　　　　№00044501

开票日期：2011 年 1 月 20 日

购货单位	名　　称：兴娄锅业红公司 纳税人识别号：431311555666777 地址、电话：娄底市贤童街 125 号 0738-8329504 开户行及账号：建设银行娄底长青支行 9005600589400351234	密码区	216—2<-12>> 3<45>241698= -53>-×15
			加密板本：01 4300094440 00044501

货物或应税劳务名称	规格型号	单位	数量	单价	金额	税率	税额
碎布		包	400	15.00	6 000.00	17%	1 020.00
合　计					¥6 000.00		¥1 020.00
价税合计（大写）	柒仟零贰拾元整			（小写）¥7 020.00			

销货单位	名　　称：湘潭制衣公司 纳税人识别号：430301855664000 地址、电话：湘潭市胜利东路 0731-89253177 开户行及账号：建行胜利支行 9018989612345100147	备注	湘潭制衣公司 430301855664000 发票专用章

收款人：周瑜　　复核：陈军　　开票人：胡平　　销货单位（章）

第三联 发票联 购货方记账凭证

【业务 57-5】

收 料 单

材料科目：　　　　　　　　　　　　　　　　　　编　　号：151

材料类别：湘潭制衣公司　　　　2011 年 1 月 20 日　　　　发票号码：00044501

材料编号	材料名称	规格	计量单位	数量		实际价格（元）			
				应收	实收	单价	发票金额	运费	合计
	碎布		包	400	400	15	6 000	50	6 050
备　注									

采购员：张三　　检验员：谢军　　记账员：李兰　　保管员：李渊

【业务 57-6】

湖南省娄底市运输业统一发票

发票联

客户：兴娄锅业红公司　　2011 年 1 月 20 日　　(2011) 3 号　№00015

项目	规格	单位	数量	金额 万	千	佰	十	元	角	分	
送货费							5	0	0	0	
											同意报销 陈兴娄 2011.1.17
金额(大写)：伍拾元整						¥	5	0	0	0	

第二联：发标联

现金付讫

收款单位盖章（未盖章无效）　431311555500145　收款人：李达

娄底市东方物流公司 发票专用章

【业务 58-1】

湖南增值税专用发票

抵扣联

4313093490　　№ 10016336

开票日期：2011 年 1 月 20 日

购货单位	名称：兴娄锅业红公司 纳税人识别号：431311555666777 地址、电话：娄底市贤童街 125 号 0738-8329504 开户行及账号：中国建设银行娄底支行 9005600589400351234			密码区	2488 －1＜9 －7 －615962749/29536 －49841626>82906－2－47 −6<7>2*−/>*>6/		加密版本：01 4313093490 10016336
货物或应税劳务名称	规格型号	单位	数量	单价	金额	税率	税额
电		度	4 800	1.1	5 280.00	17%	897.60
合计					¥5 280.00		¥897.60
价税合计（大写）	⊗陆仟壹佰柒拾柒元陆角整				（小写）¥6177.60		
销货单位	名称：娄底市电业局 纳税人识别号：431311555577776 地址、电话：娄底市长青街 0738-8263126 开户行及账号：中国建设银行娄底支行 9005600694402245169			备注			

第二联 抵扣联 购货方抵扣凭证

收款人：刘奇　　复核：袁莉　　开票人：杨民　　销货单位（章）

娄底市电业局 431311555577776 发票专用章

【业务 58-2】

湖南增值税专用发票

（全国统一发票监制章 湖南 国家税务总局监制）

抵扣联

4313093490 № 10016336

开票日期：2011 年 1 月 20 日

购货单位	名　　称：兴娄锅业红公司 纳税人识别号：431311555666777 地址、电话：娄底市贤童街 125 号 0738-8329504 开户行及账号：中国建设银行娄底支行 9005600589400351234	密码区	2488 －1＜9－7－ 615962749/29536 － 49841626>82906－2－47 －6<7>2*－/>*>6/	加密版本：01 4313093490 10016336

货物或应税劳务名称	规格型号	单位	数量	单价	金　额	税率	税　额
电		度	4 800	1.1	5 280.00	17%	897.60
合　计					￥5 280.00		￥897.60
价税合计（大写）	⊗陆仟壹佰柒拾柒元陆角整				（小写）￥6 177.60		

销货单位	名　　称：娄底市电业局 纳税人识别号：431311555577776 地址、电话：娄底市长青街 0738-8263126 开户行及账号：中国建设银行娄底支行 9005600694402245169	备注	

收款人：刘奇　　复核：袁莉　　开票人：杨民　　销货单位（章）

（印章：娄底市电业局 431311555577776 发票专用章）

第三联 发票联 购货方记账凭证

【业务 58-3】

委收号码：第 0986 号

委电

委托收款 凭证（付款通知）

委托日期：**2011** 年 **1** 月 **20** 日　　付款日期 **2011** 年 **1** 月 **20** 日

付款人	全　称	兴娄锅业红公司	收款人	全　称	娄底市电业局	
	账号或地址	9005600589400351234		账号或地址	9005600694402245169	
	开户银行	中国建设银行娄底支行		开户银行	建行娄底支行	行号

委收金额	人民币（大写）	陆仟壹佰柒拾柒元陆角整	千	百	十	万	千	百	十	元	角	分
						￥	6	1	7	7	6	0

款项内容	2010 年 12 月电费	委托收款凭据名称	电费增值税专用发票	附寄单证张数	
备注	电划	付款人注意：1.应于见票当日通知开户银行划款。 2.如需拒付，应在规定期限内，将拒付理由书并附债务证明交退开户银行			

（印章：中国建设银行娄底支行 11.01.20 转讫）

此联付款人开户银行给付款人按期付款的通知

单位主管　　会计　　复核　　记账　　付款人开户银行盖章 2011 年 1 月 20 日

【业务 59-1】

湖南增值税专用发票

全国统一发票监制章 湖南 国家税务总局监制

抵　扣　联

4311592331　　　　№ 10906328

开票日期：2011 年 1 月 20 日

购货单位	名　　称：兴娄锅业红公司 纳税人识别号：431311555666777 地址、电话：娄底市贤童街 125 号 0738-8329504 开户行及账号：中国建设银行娄底支行 9005600589400351234	密码区	3596—2<-12>> 3<33>241278= -53>-×25=251 216155—《24
		加密板本：01 4311592331 10906328	

货物或应税劳务名称	规格型号	单位	数量	单价	金　额	税率	税　额
水		吨	1 200	2.4	2 880.00	13%	374.40
合　计					¥2 880.00		¥374.40
价税合计（大写）	⊗叁仟贰佰伍拾肆元肆角整				（小写）¥3 25[illegible]		

销货单位	名　　称：娄底市自来水公司 纳税人识别号：431311166677778 地址、电话：娄底市长青街 0738-8253111 开户行及账号：中国建设银行娄底支行 9005600589400145123	备注	

收款人：张青　　复核：王平　　开票人：杨浩　　销货单位（章）

娄底市自来水公司 431311 16667778 发票专用章

第二联 抵扣联 购货方抵扣凭证

【业务 59-2】

湖南增值税专用发票

全国统一发票监制章 湖南 国家税务总局监制

抵　扣　联

4311592331　　　　№ 10906328

开票日期：2011 年 1 月 20 日

购货单位	名　　称：兴娄锅业红公司 纳税人识别号：431311555666777 地址、电话：娄底市贤童街 125 号 0738-8329504 开户行及账号：中国建设银行娄底支行 9005600589400351234	密码区	3596—2<-12>> 3<33>241278= -53>-×25=251 216155—《24
		加密板本：01 4311592331 10906328	

货物或应税劳务名称	规格型号	单位	数量	单价	金　额	税率	税　额
水		吨	1200	2.40	2 880.00	13%	374.40
合　计					¥2 880.00		¥374.40
价税合计（大写）	⊗叁仟贰佰伍拾肆元肆角整				（小写）¥3 254.40		

销货单位	名　　称：娄底市自来水公司 纳税人识别号：431311166677778 地址、电话：娄底市长青街 0738-8253111 开户行及账号：中国建设银行娄底支行 9005600589400145123	备注	

收款人：张青　　复核：王平　　开票人：杨浩　　销货单位（章）

娄底市自来水公司 431311 16667778 发票专用章

第三联 发票联 购货方记账凭证

【业务 59-3】

委收号码：第 0333 号

委电

委 托 收 款 凭证（付款通知）

委托日期：**2011** 年 **1** 月 **20** 日　　付款日期 **2011** 年 **1** 月 **20** 日

付款人	全　称	兴娄锅业红公司	收款人	全　称	娄底市自来水公司
	账号或地址	900560058940035I234		账号或地址	9005600589400145123
	开户银行	中国建设银行娄底支行		开户银行	建行娄底支行　行号

委收金额	人民币（大写）	千	百	十	万	千	百	十	元	角	分
	叁仟贰佰伍拾肆元肆角整				¥	3	2	5	4	4	0

款项内容	2010 年 12 月份水费	委托收款凭据名称	水费增值税专用发票	附寄单证张数	张

备　注	付款人注意：
电划	1.应于见票当日通知开户银行划款。 2.如需拒付，应在规定期限内，将拒付理由书并附债务证明交退开户银行。

此联付款人开户银行给付款人按期付款的通知

中国建设银行娄底支行 11.01.20 转讫

单位主管　　会计　　复核　　记账　　付款人开户银行盖章 2011 年 1 月 20 日

【业务 60-1】

产品出库单

购货单位：涟源市步步高百货公司　　2011 年 1 月 22 日　　编号：201012

产品编号	产品名称	规格	单位	数量		单价	金额							
				请 发	实 发		十	万	千	百	十	元	角	分
	铝锅	24cm	只	1 458	1 458									
合计														

第二联 会计部门记账

审批：梁冰　　发货人：肖红　　提货人：王兵　　记账：黄三龙

【业务60-2】

商业承兑汇票

0002041

出票日期（大写）贰零壹壹年零壹月贰拾贰日

付款人	全　称	涟源市步步高百货公司	收款人	全　称	兴娄锅业红公司
	账　号	1913101298532515029		账　号	9005600589400351234
	开户银行	工行涟源城南分理处		开户银行	建设银行娄底长青支行

出票金额	人民币(大写) 壹拾柒万零仟伍佰捌拾陆元整	千	百	十	万	千	百	十	元	角	分
			¥	1	7	0	5	8	6	0	0

汇票到期日	贰零壹壹年柒月壹拾陆日	交易合同号码	00258
本汇票已经本单位承兑，到期无条件支付票款。 此致 收款人 付款人盖章 负责　经办　年　月22日		汇票签发人盖章 负责　经办	

涟源市步步高百货公司 财务专用章　张敏印　兴娄锅业红公司 财务专用章

此联收款人开户行随委托收款凭证寄付款人开户行作借方附件寺人

【业务60-3】

湖南增值税专用发票

全国统一发票监制章 湖南 国家税务总局监制

记　账　联

4300094331　　№ 09028891

日期：2011年1月22日

购货单位	名　称：涟源市步步高百货公司 纳税人识别号：4313115115666710 地址、电话：涟源雅典西路12号 0738-4308748 开户行及账号：工商银行禾祥支行 20586545125	密码区	9−0<9−7−615962848 < 032/52 > 9/2953 − 497426<8−2−47−6<7 >2*−/>*>6/ 加密板本： 4300094331 09028891

货物或应税劳务名称	规格型号	单位	数量	单价	金额	税率	税额
铝锅	24cm	只	1 458	100	145 800.00	17%	24 786.00
合　计					¥145 800.00		¥24 786.00
价税合计（大写）	⊗壹拾柒万零仟伍佰捌拾陆元整				（小写）¥170 586.00		

销货单位	名　称：兴娄锅业红公司 纳税人识别号：431311555666777 地址、电话：娄底市贤童街125号 07388329504 开户行及账号：建设银行娄底长青支行 9005600589400351234	备注	兴娄锅业红公司 431311555666777 发票专用章

收款人：刘五才　复核：王二　开票人：黄三龙　销货单位（章）

第一联 记账联 销货方记账凭证

【业务 61】

娄底市证券公司
证券成交过户交割单 （买）

客户账号	B 033887766	成交证券类别	公司股票
电脑编号	5087	成交证券名称	东垣股份
客户名称	兴娄锅业红公司	成交数量	1400（股）
申报编号	826058	成交价格	10.35
申报时间	2011 年 1 月 25 日	成交金额	14 490.00
成交时间	2011 年 1 月 25 日	佣金	221
		印花税	289
上次余额	0(手)	应付金额	15 000.00
本次成交	1 400(股)	附加费用	0
本次余额	1 400(股)	实付金额	15 000.00

经办单位 南方营业部（章） 客户签章 兴娄锅业红公司(章)

注：成交金额从公司的证券资金专户划转。

说明：不准备长期持有。

【业务 62-1】

中国建设银行
转账支票存根（湘）
VIV 20221617
附加信息

出票日期 2011 年 1 月 26 日

收款人：	昌盛百货公司
金　额：	¥1269.45
用　途：	货款

单位主管 王二喜 会计 黄三龙

【业务 62-2】

湖南增值税专用发票

4300094304 （销项负数） 记 账 联 № 09028864

开票日期：2011 年 1 月 26 日

购货单位	名 称：娄底市昌盛百货公司 纳税人识别号：4313115111245710 地址、电话：娄底市扶青路 102 号 0738-8365547 开户行及账号：工商银行扶青支行 9004700589400784568	密码区	9−0<9−7−615962848 ＜032/52＞9/2953− 497426<8−2−47−6< 7>2*−/>*>6/ 加密板本： 4300094304 09028864

货物或应税劳务名称	规格型号	单位	数量	单价	金额	税率	税额
铝锅	24cm	只	10	108.50	1 085.00	17%	184.45
合 计					￥1 085.00		￥184.45
价税合计（大写）	⊗壹仟贰佰陆拾玖元肆角伍分				（小写）￥1 269.45		

销货单位	名 称：兴娄锅业红公司 纳税人识别号：431311555666777 地址、电话：娄底市贤童街 125 号 0738-8329504 开户行及账号：建设银行娄底长青支行 9005600589400351234	备注	兴娄锅业红公司 431311555666777 发票专用章

收款人：刘五才 复核：王二 开票人：黄三龙 销货单位（章）

第一联 记账联 销货方记账凭证

【业务 62-3】

企业进货退出及索取折让证明单

No 00022

销货单位	全 称	兴娄锅业红公司			
	税务登记号	431311555666777			
进货退出	货物名称	单价（元）	数量	货款（元）	税额（元）
索取折让	货物名称	单价（元）	数量（只）	要求 折让金额（元）	要求 折让税额（元）
	铝锅	108.50	10	1 085.00	184.45
退货或索取折让理由	质量问题。 娄底昌盛百货有限公司 财务专用章 单位盖章： 2011 年 1 月 25 日		税务征收机关签章	娄底国家税务局一分局 业务章	
购货单位	全 称	娄底市昌盛百货公司			
	税务登记号	4313115111245710			

本证明单一式三联：第一联，征收机关留存；第二联，交销货单位；第三联，购货单位留存。

【业务63】

中国建设银行贷款还款凭证

贷款种类：短期借款　　　　2011年1月30日　　　　第011号

还款单位	名　称	兴娄锅业红公司													
	付款账号	9005600589400351234	贷款账号	1901245789636458795											
	开户银行	建设银行娄底支行	开户银行	建设银行娄底支行											
本次偿还本金及利息金额		人民币（大写）壹拾万零肆佰肆拾壹元陆角柒分		亿	千	百	十	万	千	百	十	元	角	分	
摘要：归还本金及未付利息			累计还款			¥	1	0	0	4	4	1	6	7	
上述借款额请从本单位　　存款户中支付 （还款单位盖章） 2011年1月30日			（银行部门盖章） 2011年　1月30日												

兴娄锅业红公司 财务专用章

建设银行娄底支行 11.01.30 转讫

【业务64】

中国建设银行进账单（收账通知）

填制日期　　　　2011年1月30日　　　　第3号

付款人	全　称	杭州恒久百货公司	收款人	全　称	兴娄锅业红公司								
	账　号	225004972		账　号	9005600589400351234								
	开户银行	中行杭州支行		开户银行	中国建设银行娄底支行								
人民币（大写）		壹拾贰万捌仟柒佰元整			万	千	百	十	元	角	分		
				¥	1	2	8	7	0	0	0	0	
票据种类		转账支票											
票据张数		1张											
单位主管　会计　复核　记账			货款 受理银行盖章										

建设银行娄底支行 11.01.30 转讫

此联是收款人开户行交给收款人的收账通知

【业务 65】要求完成表格填写。

固定资产折旧计算汇总表

2011 年 1 月 31 日　　　　单位：元

类别 / 部门	房屋建筑物	机器设备	运输设备	办公设备	合　计
生产车间					
——压铸车间					
——金工车间					
——喷涂包装车间					
行政管理部门					
合　计					

制单：黄三龙

注：房屋建筑物月折旧率为 0.35%，机器设备、运输设备月折旧率为 1.6%，办公设备月折旧率为 2.67%

【业务 66-1】

中国建设银行娄底支行对账单

户名：兴娄锅业红公司　　　　科目号：人民币　　　　第 1101 页

账号：9005600589400351234　　　　单位：元

日期	摘　要	对方客户	凭证种类号码	借方	贷方	余额
2011.01.01	承上月余额					854 771.10
01.02	现金支出	娄底市育才路邮电局	转账支票2509	4 200		850 571.10
01.06	现金支出	兴娄锅业红公司	现金支票5633	12 000		838 571.10
01.08	现金支出	娄兴区国税局	转账支票1611	71 474.32		767 096.78
01.09	现金支出	娄底市平安保险公司	转账支票1612	8 268		758 828.78
01.14	现金支出	工资结算户	转账支票1613	145 260.50		613 568.28
01.15	现金支出	娄底住房公积金中心	转账支票1614	59 640		553 928.28
01.15	现金支出	企业职工社会保险处	转账支票1615	104 370		449 558.28
01.16	现金支出	中石化娄底分公司	转账支票1616	5 000		444 558.28
01.20	现金支出	湘潭制衣公司	信汇	7 020		437 538.28
01.20	现金支出	建设银行娄底支行		10		437528.28
01.20	现金支出	娄底市电业局	委托收款	6 177.60		431 350.68
01.20	现金支出	娄底市自来水公司	委托收款	3 254.40		428 096.28
01.26	现金支出	昌盛百货公司	转账支票1617	1 269.45		426 826.83
01.30	现金支出	建设银行娄底支行		100 441.67		326 385.16
01.30	现金收款	杭州恒久百货公司	进账单		128 700	455 085.16
01.31	现金收款	蜻蜓渔具公司	进账单		5 000	460 085.16

【业务 66-2】

银行存款余额调节表

编制日期：　　年　　月　　日　　　　　　　　　　单位：元

企业银行存款日记账		银行对账单	
项　　目	金 额	项　　目	金 额
银行存款日记账余额		银行对账单余额	
加：银行已收，企业未收		加：企业已收，银行未收	
减：银行已付，企业未付		减：企业已付，银行未付	
调节后余额		调节后余额	

编制人：

【业务 67】

费用分配表

2011 年 1 月 31 日　　　　　　　　　　单位：元

应借科目	分摊项目			合　　计
	房租费用	财产保险费	报刊杂志费	
制造费用			125.00	125.00
管理费用			225.00	225.00
合　　计			350.00	350.00

制单：黄三龙

注：车间的报刊杂志费在各车间平均分配。

【业务 68】

无形资产摊销表

2011 年 1 月 31 日　　　　　　　　　　单位：元

无形资产名称	本月摊销额
专利技术	675
合　　计	675

复核：王二喜　　　　　　　　　　制表：黄三龙

【业务69】要求完成表内计算。

电费计提表

2011年1月31日

部　　门		电费使用度数（度）	计提率	电费计提金额（元）
生产车间	生产用			
	——压铸车间	1 600		
	——金工车间	1 000		
	——喷涂包装车间	1 200		
	小　　计	3 800	1.10	
	照明用			
	——压铸车间	42		
	——金工车间	28		
	——喷涂包装车间	30		
	小　　计	100	1.10	
行政管理部门		900		
销售部门		200		
合　　计		5 000	1.10	

复核：王二喜　　　　制单：黄三龙

【业务70】要求完成表内计算。

水费计提表

2011年1月31日

部　　门		水费使用吨数（吨）	计提率	水费计提金额（元）
生产车间	生产耗用			
	——压铸车间	400		
	——金工车间	300		
	——喷涂包装车间	300		
	小　　计	1 000	2.40	
	一般耗用			
	——压铸车间	30		
	——金工车间	25		
	——喷涂包装车间	25		
	小　　计	80	2.40	
行政管理部门		150	2.40	
销售部门		70	2.40	
合　　计		1 300	2.40	3 120

复核：王二喜　　　　制单：黄三龙

【业务71-1】要求完成表内计算。

2011年11月份工资分配表

2011年1月31日　　　　单位：元

部门		应付工资	代扣款项						实发工资
			养老费 8%	医疗费 2%	失业费 1%	住房金 12%	个人所得税	合计	
压铸车间	生产工人	44 011.00							
	管理人员	14 458.00							
	小　计	58 469.00							
金工车间	生产工人	40 166.00							
	管理人员	14 406.00							
	小　计	54 572.00							
喷涂车间	生产工人	59 526.00							
	管理人员	13 352.00							
	小　计	72 878.00							
行政管理人员		11 000.00							
销售人员		11 581.00							
合　计		188 650.00	15 092.00	3 773.00	1 886.50	22 638.00	0	43 389.50	145 260.50

复核：刘雄　　　　制单：彭华

【业务71-2】要求完成表内计算项目。

2011年1月工资、工会经费、职工教育经费分配表

2011年1月31日　　　　单位：元

部门		应付工资	工会经费（2%）	职工教育经费（1.5%）	合　计
压铸车间	生产工人	44 011			
	管理人员	14 458			
	小　计	58 469			
金工车间	生产工人	40 166			
	管理人员	14 406			
	小　计	54 572			
喷涂包装	生产工人	59 526			
	管理人员	13 352			
	小　计	72 878			
行政管理人员		31 000			
销售人员		31 581			
合　计		248 500			

复核：王二喜　　　　制单：黄三龙

【业务72】要求完成表内计算。

2011年1月五险一金分配表

2011年1月31日　　　　单位：元

部门		应付工资	住房公积费（12%）	养老保险费（20%）	医疗保险费（6%）	失业保险费（2%）	生育保险费（1%）	工伤保险费（2%）	合计
压铸车间	生产工人	44 011							
	管理人员	14 458							
	小计	58 469							
金工车间	生产工人	40 166							
	管理人员	14 406							
	小计	54 572							
喷涂包装车间	生产工人	59 526							
	管理人员	13 352							
	小计	72 878							
行政管理人员		31 000							
销售人员		31 581							
合计		248 500							

复核：王二喜　　　　制单：黄三龙

【业务73】要求完成表内计算。

2011年1月制造费用分配表

2011年1月31日　　　　单位：元

制造费用		产品受益额		
部门	金额	产品名称	分配标准	金额
压铸车间				
金工车间				
喷涂包装车间				
合计				

复核：王二喜　　　　制单：黄三龙

【业务 74-1】要求完成表内计算。

2011 年 1 月产品成本计算单

2011 年 1 月 31 日

生产车间：压铸车间　　产品：铝锅　　产量：　　单位：元

项　目	直接材料	直接人工	制造费用	合　计
月初在产品成本				
本月发生费用				
生产费用合计				
计入产成品成本份额				
月末在产品成本				

复核：王二喜　　制单：黄三龙

【业务 74-2】要求完成表内计算。

2011 年 1 月产品成本计算单

2011 年 1 月 31 日

生产车间：金工车间　　产品：铝锅　　产量：　　单位：元

项　目	直接材料	直接人工	制造费用	合　计
月初在产品成本				
本月发生费用				
生产费用合计				
计入产成品成本份额				
月末在产品成本				

复核：王二喜　　制单：黄三龙

【业务 74-3】要求完成表内计算。

2011 年 1 月产品成本计算单

2011 年 1 月 31 日

生产车间：喷涂包装车间　　产品：铝锅　　产量：　　单位：元

项　目	直接材料	直接人工	制造费用	合　计
月初在产品成本				
本月发生费用				
生产费用合计				
计入产成品成本份额				
月末在产品成本				

复核：王二喜　　制单：黄三龙

【业务 74-4】要求完成表内计算。

2011 年 1 月铝锅产成品汇总表

车间份额	产　　量	直接材料	直接人工	制造费用	
压铸车间					
金工车间					
喷涂包装车间					
合　　计					
单位成本					

复核：王二喜　　　　　　制单：黄三龙

【业务 74-5】要求完成表内计算。

产品入库单

编号：128

车间：生产车间　　　　2011 年 1 月 31 日　　　　仓库：2 号

产品名称	编号	规格	单位	单价	数 量	金额								
						百	十	万	千	百	十	元	角	分
铝锅			只		7500									
合　　计														

第二联　会计部门记账

【业务 75】要求完成表内计算。

营业税金及附加计算表

2011 年 1 月 31 日

项　目	金　额（元）
增值税销项税额	
增值税进项税额	
增值税进项税额转出	
应交增值税额	
应交营业税	
应交城市维护建设税（7%）	
应交教育费附加（4.5%）	

复核：王二喜　　　　制单：李四英

【业务 76】要求完成表内计算。

产品销售成本计算表

2010 年 1 月 31 日　　　　单位：元

产品名称	计量单位	销售数量	单位产品成本	销售成本
铝锅	只			
合　计				

会计主管：　　　　记账：　　　　制表：

【业务 77】要求完成表内计算。

损益类账户发生额汇总表

2011 年 1 月 31 日　　　　单位：元

项　目	借方金额	贷方金额
主营业务收入		
其他业务收入		
主营业务成本		
营业税金及附加		
其他业务成本		
管理费用		
销售费用		

续表

项　目	借方金额	贷方金额
财务费用		
投资收益		
所得税费用		
资产减值损失		
合　计		

三、实训企业2010年年度所得税汇算清缴资料

（1）2010年1～11月管理费用总额187 000.00元，其中业务招待费4 526.32元。

（2）2010年1～11月销售费用98 400.00元，其中广告费45 632.00元。

（3）2010年1～11月营业外支出49 700.00元，其中税务机关罚款2 200.00元，通过民政局捐赠给地震灾区30 000.00元。

（4）2010年1～11月累计预缴企业所得税56 428.00元。

（5）2010年1～11月实际发放工资2 275 150.00元，实际发放福利290 521.00元。

（6）公司从业人员90人。

四、实训企业会计电算化实训初始设置资料

（一）建立账套

1. 企业账套信息

账套号：888，账套名称：兴娄锅业红公司，账套账套路径：D:/兴娄锅业红公司/，启用日期：2010年12月01日

2. 单位信息如下

单位名称：兴娄锅业红公司
单位地址：娄底市贤童街125号
法人代表：陈兴娄
联系电话：0738—8329504
税号：431311555666777

3. 核算类型信息如下

本币代码：RMB
本币名称：人民币
企业类型：工业
行业性质：2007 年新会计准则
按行业性质预置科目

4. 基础信息如下

存货无分类、客户无分类、供应商无分类及无外币核算

5. 分类编码方案

科目编码：4222，部门编码：12，结算方式：12，其余编码默认设置

6. 数据精度定义

所有小数位均为 2

7. 系统启用

2010 年 12 月 1 日启用总账系统

8. 财务分工

编号	角色	姓名	权限
1	主管会计	王二喜	账套主管
2	核算会计	黄三龙	总账、公用目录设置
3	出纳	刘五才	出纳签字、现金管理

（二）基础设置

1. 部门档案

部门编码	部门名称
1	厂办
2	生产车间
201	压铸车间
202	金工车间
203	喷涂包装车间
3	销售部
4	财务部

2. 职员档案

职员编号	职员名称	所属部门
101	陈兴娄	厂办
102	陈明	厂办
103	王成	厂办
104	赵一	厂办
401	王二喜	财务部
402	黄三龙	财务部
403	李四英	财务部
404	刘五才	财务部

3. 客户档案

客户编号	客户名称	客户简称
001	嘉中公司	嘉中公司
002	杭州恒久百货公司	恒久百货
003	娄底天堂百货公司	天堂百货
004	步步升百货公司	步步升
005	昌盛百货公司	昌盛百货

4. 供应商档案

供应商编号	供应商名称	供应商简称
001	河南机械公司	河南机械
002	长沙顺发公司	长沙顺发
003	衡大六涂料公司	衡大六
004	超远煤矿	超远煤矿
005	娄底市自来水公司	市自来水公司
006	娄底市电业局	市电业局

5. 凭证类型设置

类　型	限制类型	限制科目
记账凭证	无	无

6. 定义结算方式

结算方式编码	结算方式名称	票据管理
1	现金结算	是
2	支票	是
201	现金支票	是
202	转账支票	是
9	其他	是

（三）会计科目及余额表

1. 会计科目及期初余额表

单位：元

科目名称	辅助核算	数量	方向	年初余额	借方发生额	贷方发生额	期初余额
库存现金	日记		借	2 159.00			2 159.00
银行存款	银行日记		借	778 489.25			778 489.25
其他货币资金			借	15 000.00			15 000.00
交易性金融资产			借	90 000.00			90 000.00
其他应收款			借	5 000.00			5 000.00
生产成本			借	76 500.30			76 500.30
直接材料			借	45 899.40			45 899.40
直接人工			借	19 124.75			19 124.75
制造费用			借	11 476.15			11 476.15
应收账款	客户往来		借	666 000.00			666 000.00
预付账款	供应商往来		借	100 000.00			100 000.00
原材料			借	319 998.70			319 998.70
铝锭	数量（千克）	8 975	借	149 882.50			149 882.50
涂料	数量（千克）	654	借	35 981.00			35 981.00
辅料			借	134 135.20			134 135.20
手柄	数量（个）	3 172	借	5 075.20			5 075.20
锅盖	数量（个）	1 800	借	4 860.00			4 860.00
煤	数量（千克）	10 800	借	124 200.00			124 200.00
库存商品			借	422 192.75			422 192.75
铝锅	数量（只）	5 555	借	422 192.75			422 192.75
周转材料			借	38 044.00			38 044.00
低耗品			借	8 700.00			8 700.00
刀具	数量（把）	20	借	1 600.00			1 600.00
碎布	数量（包）	300	借	4 500.00			4 500.00

续表

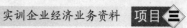

科目名称	辅助核算	数量	方向	年初余额	借方发生额	贷方发生额	期初余额
手套	数量（双）	1 500	借	1 200.00			1 200.00
口罩	数量（个）	800	借	1 440.00			1 440.00
包装物			借	29 304.00			29 304.00
纸箱	数量（个）	3 256	借	29 304.00			29 304.00
固定资产			借	2 401 000.00			2 401 000.00
生产经营用			借	1 700 413.50			1 700 413.50
房屋及建筑物	部门		借	976 362.50			976 362.50
机器设备	部门		借	724 051.00			724 051.00
非生产用			借	700 586.50			700 586.50
房屋及建筑物	部门		借	383 809.50			383 809.50
办公设备	部门		借	281 850.00			281 850.00
运输设备	部门		借	34 927.00			34 927.00
累计折旧			贷	640 000.00			640 000.00
无形资产			借	540 000.00			540 000.00
短期借款			贷	100 000.00			100 000.00
累计摊销			贷	103 500.00			103 500.00
应付账款	供应商往来		贷	613 800.00			613 800.00
坏账准备			贷	1 800.00			1 800.00
应付职工薪酬			贷	245 000.00			245 000.00
其他应付款			贷	50 000.00			50 000.00
应交税费			贷				5 798.00
应交增值税			贷				
进项税额			借				
销项税额			贷				
未交增值税			贷	5 200.00			5 200.00
应交城建税			贷	364.00			364.00
应交教育费及附加			贷	234.00			234.00
应付股利			贷	160 900.00			160 900.00
实收资本			贷	3 000 000.00			3 000 000.00
盈余公积			贷				131 185.00
本年利润			贷				57 386.63
利润分配			贷				345 014.37
未分配利润			贷				345 014.37
主营业务收入			借		1200 000.00	1 200 000.00	
其他业务收入			借		50 000.00	50 000.00	
主营业务成本			借		840 000.00	840 000.00	

续表

科目名称	辅助核算	数量	方向	年初余额	借方发生额	贷方发生额	期初余额
其他业务成本			借		35 000.00	35 000.00	
营业税金及附加			借		3 000.00	3 000.00	
销售费用			借		98 400.00	98 400.00	
管理费用			借		187 000.00	187 000.00	
财务费用			借		4 858.37	4 858.37	
投资收益			借		31 500.00	31 500.00	
营业外收入			借		50 000.00	50 000.00	
营业外支出			借		49 700.00	49 700.00	
所得税费用			借		56 428.00	56 428.00	

2. 指定库存现金为现金总账科目,银行存款为银行总账科目

3. 辅助核算科目余额

会计科目：其他应收款　　余额：借 5000.00 元

日期	凭证号数	部门名称	个人名称	摘要	方向	本币期初余额（元）
09-09-26		厂办	王成	出差借款	借	4 000.00
09-11-01		厂办	赵一	出差借款	借	1 000.00
			合　计		借	5 000.00

会计科目：应收账款　　余额：借 666 000.00 元

客户名称	借方金额（元）
嘉中公司	6 000.00
杭州恒久百货公司	128 000.00
娄底天堂百货公司	245 000.00
步步升百货公司	215 000.00
昌盛百货	72 000.00
合　计	666 000.00

会计科目：　应付账款　　余额：贷 613 800.00 元

客户名称	借方金额（元）
河南机械	239 700.00
长沙顺发公司	167 000.00
衡大六涂料	245 000.00
市自来水公司	2 640.00
市电业局	5 060.00

固定资产明细金额

明细科目	资产类别	账面原值（元）	使用部门
生产经营用	房屋及建筑物	300 000.00	压铸车间
	机器设备	280 283.50	
	房屋及建筑物	289 887.50	金工车间
	机器设备	367 921.50	
	房屋及建筑物	386 475.00	喷涂包装车间
	机器设备	7 5846.00	
非生产用	房屋及建筑物	383 809.50	厂部
	办公设备	281 850.50	
	运输设备	34 927.00	
合　　计		2 401 000.00	

下篇

会计综合实训内容

项目四　出纳岗

📖 **项目要点与要求**：熟悉出纳岗位的基本职责和工作流程；学会规范处理现金收付、银行结算业务；学会填制和审核库存现金、银行存款原始凭证；学会库存现金、银行存款日记账登记、核对；学会编制银行存款余额调节表；学会整理出纳资料。

任务一　了解出纳岗位职责

按照有关规定和制度，出纳负责办理本单位的现金收付、银行结算及有关账务，保管库存现金、有价证券、财务印章及有关票据等工作。其工作职责包括以下方面。

（1）根据有关制度，及时办理各类现金收付业务；按规定程序保管现金，保证库存现金安全；不得超过限额保存现金，不得白条顶替库存现金，不得保留账外公款。

（2）负责办理银行存款、取款和转账结算业务；规范使用、填写票据；不得将银行账户出租、出借给任何单位或个人办理结算。

（3）在办理各项收付、转账工作中，认真审查原始凭证的合法性、完整性和正确性。

（4）根据每日发生的收付凭证，及时登记库存现金日记账和银行存款日记账；现金日记账余额要每日和库存现金核对；月末对未达账项要编制银行存款余额调节表，及时调整。

（5）负责妥善保管各种空白支票、票据、印鉴。

（6）完成领导交办的其他工作。

任务二　熟悉出纳岗位流程

一、现金收付业务流程

1. 现金收款业务流程

根据会计岗开具的收据收款（发票）→检查收据开具的金额是否正确、大小写是否一致、是否有经手人签名→在收据（发票）上签字并加盖财务结算章→将收据第②联（或发票联）交给交款人→依据记账凭证登记现金日记账。

2. 现金付款业务流程

出纳人员审核各会计岗传来的现金付款凭证金额与原始凭证是否一致→检查并监督领款人签名→根据记账凭证金额付款→在原始凭证上加盖“现金付讫”图章→依据记账凭证登记现金日记账。

3. 现金存取及保管

出纳人员每天上午按照单位用款计划开具现金支票提取现金→安全妥善保管现金、准确支付现金→及时盘点现金→下午及时将超过限额的库存现金送存银行。

4. 管理库存现金日记账，做到日清月结

二、银行存款收付业务流程

1. 银行存款收款业务流程

根据收取的支票、汇票等票据→填写进账单→到开户银行办理进账手续→获取银行回单或收款通知→依据记账凭证登记银行存款日记账。

2. 银行存款付款业务流程

出纳人员审核各会计岗传来的银行存款付款凭证金额与付款审批单及原始凭证是否一致，手续是否齐全→开具支票（汇票、电汇等）→将支票存根联等粘贴到记账凭证上→依据记账凭证登记银行存款日记账。

注意事项：

（1）开出的支票应填写完整，禁止签发空白金额、空白收款单位的支票。

（2）开出的支票（汇票、电汇等）收款单位名称应与合同、发票一致。

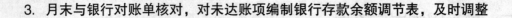

3. 月末与银行对账单核对，对未达账项编制银行存款余额调节表，及时调整

任务三 完成出纳岗位实训任务

一、2010 年 12 月出纳岗实训任务

（1）根据“建账资料”，开设现金日记账、银行存款日记账，并登记期初余额。

（2）根据 2010 年 12 月资料填写业务中空白的银行结算原始凭证。

（3）根据审核的凭证办理各类收付业务，并在凭证上签章。

（4）根据记账凭证登记现金日记账、银行存款日记账。

（5）期末对账，并编制银行存款余额调节表。

（6）期末结账。

二、2011 年 1 月出纳岗实训任务

（1）根据 2010 年 12 月现金日记账、银行存款日记账的资料进行年结，并记入 2011 年现金日记账和银行日记账新账。

（2）根据 2011 年 1 月资料填写业务中空白的银行结算原始凭证。

（3）根据审核的凭证办理各类收付业务，并在凭证上签章。

（4）根据记账凭证登记现金日记账、银行存款日记账。

（5）期末对账，并编制银行存款余额调节表。

（6）期末结账。

项目五 核算会计岗

📖 **项目要点与要求**：了解核算会计岗位的基本职责；熟悉核算会计岗位工作流程；熟悉会计凭证、账册、报表等会计档案的整理、归档工作；学会对原始凭证进行审核并编制记账凭证（除主营业务税金及附加、应交税费、所得税科目外）；学会根据审核无误的记账凭证登记明细账（除应交税费明细账外）；掌握会计核算电脑化处理，提高会计核算工作的速度和准确性。

任务一 了解核算会计岗位职责

核算会计在中心领导下进行工作，根据《会计法》和有关财政法规制度，认真做好所管单位会计核算工作。会计人员应熟悉并遵守国家有关法律、法规、规章和国家统一的会计制度，廉洁自律，秉公办事，遵守职业道德。其工作职责包括以下方面。

一、固定资产核算

（1）拟订固定资产管理与核算实施办法，划定固定资产与低值易耗品的界限，编制固定资产目录。

（2）参与核定固定资产需用量及编制固定资产更新改造计划。

（3）办理固定资产购置、调入调出、价值重估、折旧、调整、内部转移、租赁、封存、出售及报废等会计手续，进行明细登记核算，定期进行清查核对，做到账物相符。

（4）按制度规定计提固定资产折旧。

（5）参与固定资产的清查盘点，分析固定资产的使用效果，促进固定资产的合理使用，提高固定资产利用率。

二、材料核算

（1）会同有关单位拟订材料管理与核算实施办法，建立健全材料收发、保管和领用手续制度。

（2）根据需要及市场情况会同有关单位制订采购计划。

（3）审计材料采购用款计划，控制材料采购，掌握市场价格，审查发票等凭证，考核材料的消耗。

（4）建立材料明细登记账，进行明细核算，做到账物相符，核算清楚。参与库存材料的清查盘点，对盘盈提出处理意见，经批准后做出处理。

三、工资核算

（1）按计划控制工资总额的使用。

（2）审核工资表，计算发放工资。按制度规定计提发放奖金。

（3）进行工资明细核算。

四、成本核算

（1）拟订成本核算办法，建立健全成本核算工作程序，编制成本费用计划。

（2）拟订生产经营成本、费用开支范围，掌握成本费用开支情况，登记成本费用明细账，按规定编制成本报表上报。

（3）考核、分析成本费用开支情况，积极挖潜节支，提出改进意见，努力降低成本费用支出。

五、利润核算及分配

（1）编制利润计划，将年度利润指标分解落实到单位。

（2）做好利润明细核算，正确计算生产经营、销售收入和其他收入，认真审核和计算各项成本费用支出，准确计算利润，按制度计算和上缴税，制作并登记有关明细账，编制利润报表上报。

（3）按章程规定和股东大会决议分配利润，分配股息、红利，计算股息、红利率，编制利润分配表、股利分配表。

（4）考核、分析利润完成情况，积极挖潜节支，提出改进建议和措施，努力提高利润。

六、往来结算

（1）加强管理并及时结算购销往来和其他往来的暂收、暂付、应收、应付、备用金等往来款项。

（2）按合同或规定要计收利息的，应正确计息，一并在往来账项上计收，年终时应抄列清单，与有关单位或个人核对，催收催结。

七、专项资金核算

（1）拟订专项资金管理办法，实行归口管理。

（2）对专项资金进行明细核算。

（3）按时编制专项奖金报表。

八、会计档案的整理、归档

（1）会计凭证的整理、归档。

（2）会计账簿（明细账）的整理、归档。

任务二　熟悉核算会计岗位流程

一、建账

要求学生根据提供的期初科目设置与科目余额建立一套完整的财务账，具体包括往来账（三栏式）、存货明细账（数量金额式）、生产成本明细账和多栏明细账。

二、日常经济业务处理

要求学生根据提供的经济业务的文字描述和提供的原始凭证资料，完成企业内部的原始凭证，然后根据这些原始资料编制记账凭证。本项目是整个实训的重点，我们尽可能地根据中级财务会计的各个知识点来编制经济业务，学生通过这些实训，一来可以巩固中级财务会计的理论知识，二来可以直观地了解现实生活中企业的运作和单据，特别是单据，我们都尽量采取仿真及最新的单据类型。

三、期末账项调整

要求学生掌握企业期末的账项调整，包括期末的对账、资产盘点、费用的摊销和计提及损益的结转等。

四、登记明细账簿及月结和年结

要求学生根据自己编制的记账凭证来登记明细账，并且在期末对账无误后进行月结和年结。

五、会计档案的整理、归档

将会计凭证和明细账装订成册，并标注封面、扉页，整理归档。

任务三　完成核算会计岗位实训任务

一、2010 年 12 月核算会计岗位实训任务

（1）根据“建账资料”，开设相关明细账，并登记期初余额。

（2）根据资料填写业务中空白的原始凭证。

（3）根据所给的原始凭证进行审核后编制记账凭证，其中“应收账款”、“原材料”、“生产成本”、“应付账款”、“其他应付款”、“周转材料”、“库存商品”、“制造费用”、“管理费用”、“销售费用”、“应交税费”要求写明细科目，其他科目可以不写明细科目，记账凭证要素应填写齐全。

（4）明细账只登记“应收账款——昌盛百货公司”、“应付账款——衡大六”、“原材料——铝锭”、“库存商品——铝锅”、“生产成本——压铸车间”、“制造费用——金工车间”、“管理费用多栏式明细账”。

（5）期末结转摊提。期末结转损益类账户，将本年利润转至利润分配后，按 10%计提盈余公积，按 5%计提公益金。

二、2011 年 1 月核算会计岗位实训任务

（1）根据 2010 年 12 月各相关明细账资料进行年结，并记入 2011 年各相关明细账新账。

（2）根据资料填写业务中空白的原始凭证。

（3）根据所给的原始凭证进行审核后编制记账凭证，其中“应收账款”、“原材料”、“生产成本”、“应付账款”、“其他应付款”、“周转材料”、“库存商品”、“制造费用”、“管理费用”、

“销售费用”、“应交税费”要求写明细科目，其他科目可以不写明细科目，记账凭证要素应填写齐全。

（4）明细账只登记“应收账款——昌盛百货公司”、“应付账款——衡大六”、“原材料——铝锭”、“库存商品——铝锅”、“生产成本——压铸车间”、“制造费用——金工车间”、“管理费用多栏式明细账”。

（5）期末结转摊提。期末结转损益类账户。

项目六　办税会计岗

📖 **项目要点与要求**：熟悉办税会计岗位的基本职责和工作流程；熟悉税务部门安排的各种检查以及其他工作；掌握发票的领购、开具、使用、保管；学会主营业务税金及附加、应交税费、所得税科目凭证填制及明细账登记、核对；学会编制地税（营业税、城建税、教育附加、工薪所得税、印花税等）纳税申报表；学会增值税、企业所得税（季度）纳税申报表的编制和增值税抄税、报税；学会记账凭证的装订；学会进行年度所得税汇算清缴。

任务一　了解办税会计岗位职责

办税会计负责公司涉税业务的核算和管理，负责公司各种发票的领取、使用和保管工作；负责记账凭证的装订；负责各项统计报表的填报。其工作职责包括以下方面。

（1）负责增值税发票、普通发票、建安劳务发票等各种发票领购、保管，按规定及时登记发票领购簿。

（2）正确及时开具增值税发票、普通发票、建安劳务发票。对异地纳税要开出外出经营活动证明并进行登记备查。

（3）严格对各种发票特别是增值税专用发票进行审核，及时进行发票认证；每月按时抄税。

（4）规范本地、异地各项涉税事项的核算、管理流程，对发现的问题及时反映。

（5）负责编制国税、地税需要的各种报表，每月按时进行纳税申报，用好税收政策，规避企业涉税风险，依法纳税；负责减免税、退税的申报。

（6）做好公司的统计工作，填报公司涉税的各种统计报表。

（7）负责主营业务税金及附加、应交税费、所得税科目凭证填制及明细账登记、核对。

（8）负责记账凭证的及时装订，税务相关资料的装订存档。

（9）每月对纳税申报、税负情况进行综合分析，提出合理化建议。

（10）配合完成税务部门安排的各种检查以及其他工作。

（11）完成领导交办的其他工作。

任务二　熟悉办税会计岗位流程

一、抄税

1. 抄税流程

按《发票使用明细表》格式录入当月已开具的发票→与核算会计岗核对收入金额→整理并装订发票存根→打印《发票使用明细表》并按月装订成册→当月15日前去税务局抄税。

2. 抄税注意事项

办税会计在抄税过程中必须做到以下几点。

(1) 保证所录入的销售发票税款金额与财务系统中的销项税一致，并且：

当月增值税销项=（销售收入+其他业务收入）×增值税税率

(2) 增值税发票存根按每本 25 张装订，计算每本销售额和税额并与《发票使用明细表》对应，普通发票不必重新装订。

(3) 清理装订发票存根过程中须注意作废发票是否所有联次齐全，红字发票是否附合税法要求。

(4) 抄税前须保证抄税软盘数据、IC卡数据、开具的全部专用发票存根联数据、专用发票使用台账四者相符。

二、抵扣

收受核算会计岗传来的增值税票抵扣联→当月 30 日前将当月收到的增值税票抵扣联送税务局认证或在网上认证→按《发票抵扣联清单格式》录入当月增值税抵扣联→与核算会计核对当月进项税额→装订抵扣联→打印抵扣联清单并装订成册。

在进行抵扣时应做到：计算每本抵扣联进项税额，不同税率的进项税分别列示，并与抵扣联清单对应；及时向各会计岗位宣传抵扣联发票的填写、签章规则，以便能及时抵扣。

三、纳税申报

每月 15 日前填写各类税款申报表→传核算会计岗审核→财务经理签章→申报→登记税票→申报表归类保存。

在纳税申报时应该注意以下几点。

(1) 增值税、营业税、城建税及其他附加税、个人所得税按月申报，房产税分别于 1 月、7 月分两次申报，企业所得税于每季度最后一个月申报。

(2) 填写申报表时，应查询并扣除提前开具税票的税款金额，如预缴的其他税款应在已交税金栏中反映。

(3) 各类税款申报金额以相关税法为依据。

(4) 领到申报开具的各类税票后，分税种在税票登记本中登记。

(5) 全年申报表应按税种分类装订成册。

四、税款缴纳

1. 申报月度资金计划

月末根据当月开票及抵扣情况、税款缴纳计划等预计下月税款所需资金→填写月度资金计划表→财务经理审核。

2. 税款缴纳

填写付款审批单→财务经理审批→填写进账单，连同税票和付款审批单交出纳办理银行结算手续→登记资金计划表→签收出纳传来的银行进账回执→在税票登记本中注销相应的税票→编制凭证。

五、发票的领购及使用

根据发票和收据需求量及时填写票据领购凭证→财务经理盖章→去税务局购买→登记所购票据→存保险柜→登记发放情况→领用人签名→编制当月票据领用情况表。

六、管理性工作

（1）随时与地税国税征管员保持联系。
（2）及时向其他会计岗位宣传税法知识，规范涉及税务方面凭证审核及账务处理。
（3）熟练掌握公司各项税款的缴纳情况。
（4）积极清理以前年度欠税情况。

任务三　完成办税会计岗位实训任务

一、2010 年 12 月办税会计岗位实训任务

（1）根据“建账资料”，开设应交税费明细账，并登记期初余额。
（2）缴纳上月的各种税金。
（3）缴销上月发票，并购买本月所需发票。
（4）根据实际发生业务开具发票。
（5）增值税专用发票抵扣联和运输发票的认证。
（6）计算本月各种应交税费。
（7）转出未缴增值税或转出多缴增值税。
（8）登记应交税费明细账。
（9）抄税。
（10）进行各税种（增值税、营业税、城市维护建设税、教育费附加、季度企业所得税）的纳税申报。

二、2011 年 1 月办税会计岗位实训任务

（1）根据 2010 年 12 月应交税费明细账资料进行年结，并记入 2011 年 1 月应交增值税明细账新账。
（2）缴纳上月的各种税金。
（3）缴销上月发票，并购买本月所需发票。
（4）根据实际发生业务开具发票。
（5）增值税专用发票抵扣联和运输发票的认证。
（6）计算本月各种应交税费。
（7）转出未缴增值税或转出多缴增值税。
（8）登记应交税费明细账。
（9）抄税。
（10）进行各税种（增值税、城市维护建设税、教育费附加）的纳税申报。

三、2010年度所得税汇算清缴

（1）年度所得税纳税申报表附表的填写。

（2）年度所得税纳税申报表主表的填写。

（3）年度所得税纳税申报。

项目七　主管会计岗

📖 **项目要点与要求**：了解主管会计岗位的基本职责；熟悉主管会计岗位工作流程；学会在审核原始凭证和记账凭证的基础上，将一定时期的记账凭证汇总编制科目汇总表，根据科目汇总表登记总账；学会对会计凭证、账簿、报表及其他会计资料进行合法性、合理性、合规性审核；掌握对账、结账；掌握会计报表的编制；学会编制年度财务报表；学会进行财务报表分析并撰写财务分析报告；掌握单位财务制度的设计和会计岗位的分工。

任务一　了解主管会计岗位职责

主管会计岗位主要是要根据国家法规制度，制定企业内部财务会计制度，制定本单位办理会计事务的具体办法，编制财务会计报告，并对会计数据进行分析，对会计资料进行归档整理，组织财务会计人员进行业务学习。其工作职责主要包括以下几点。

（1）遵守国家法规，制定企业财务制度。具体领导本企业的财务会计工作，对各项财务会计工作要定期研究、布置、检查、总结。根据《企业会计准则》结合本企业的生产经营特点，制定适合本企业的各项财务会计制度，制定本单位办理会计事务的具体办法。

（2）组织筹集资金，节约使用资金。组织编制本单位资金的筹集计划和使用计划，并组织实施。

（3）参与审查合同，维护企业利益。审查或参与拟订经济合同、协议及其他经济文件。

（4）负责各种会计凭证的审核和会计报表的审核。

（5）负责编制科目汇总表，并登记总分类账。

（6）提出财务报告，汇报财务工作。按时编制会计报表，负责按规定定期或不定期地向企业管理当局、职工代表大会报告或股东大会报告财务状况和经营成果，以便高层管理人员进行决策。

（7）负责撰写财务分析报告。

（8）保管公司的财务专用章和发票专用章。

（9）负责整理和保管会计档案。

（10）负责组织会计人员学习政治理论和业务技术。

（11）负责会计人员考核，参与会计人员的任用和调配。

任务二 熟悉主管会计岗位流程

一、建立总账

1. 启用账簿

（1）填写“账簿启用表”。每本账簿的扉页均附有“账簿启用表”，内容包括单位名称、账簿名称、账簿号码、账簿页数、启用日期、单位负责人、单位主管财会工作负责人、会计机构负责人、会计主管人员等。启用账簿时，应填写表内各项内容，并在单位名称处加盖公章、各负责人姓名后加盖私章。

（2）填写“经管本账簿人员一览表”。账簿经管人员指负责登记使用该账簿的会计人员，当账簿的经管人员调动工作时，应办理交接手续，填写该表中的账簿交接内容，并由交接双方人共同签名或盖章。

（3）粘贴印花税票。

2. 设置总分类账户

总分类账簿中包括本企业使用的全部总分类账户，因此需指定每一总分类账户在总分类账簿中的登记账页，在相应账页的“会计科目及编号”栏处填写指定登记账户的名称及编码。

3. 登记期初余额

对于有期初余额的总账账户，根据相关资料登记账户记录。在该账户账页的第一行日期栏中填入期初的日期、在摘要栏填入“期初余额”（年度更换新账簿时填入“上年结转”）、在借贷方向栏标明余额的方向、在余额栏填入账户的期初余额。对于没有余额的总账账户，无须特别标识其余额为零。

4. 填写账户目录

由于总账是订本式，在各账页中预先印有连续编号，为方便查找，所有总账账户设置完后，应在账簿启用页后的“账户目录表”中填入各账户的科目编号、名称及起始页码。应根据财政部颁发的科目表中的总账科目，按资产类→负债类→所有者权益类→成本类→损益类的顺序填写。

二、审核会计凭证

1. 原始凭证的审核

对原始凭证的真实性、合法性、合理性、完整性、正确性进行审核。对审核中发现的不真实、不合法的原始凭证不予受理；对内容不完整、手续不齐备的原始凭证应予退回。

2. 记账凭证的审核

（1）内容是否真实。审核记账凭证是否有原始凭证为依据，记账凭证与所附原始凭证在经济内容和金额上是否一致。

（2）项目是否齐全。审核记账凭证各项目的填写是否齐全，如日期、凭证编号、摘要、会计科目、金额、所附原始凭证张数，有关人员签章。

（3）科目是否正确。审核记账凭证应借、应贷的账户名称和金额是否正确，账户对应关系是否清楚，是否符合会计制度。

（4）金额是否正确。审核记账凭证所记录的金额与原始凭证的有关金额是否一致，原始凭证中的数量、单价、金额计算是否正确。

（5）书写是否正确。审核记账凭证中的记录是否文字工整、数字清晰，是否按规定使用蓝墨水或碳素墨水，是否按规定进行更正等。

三、编制科目汇总表

科目汇总表，也称记账凭证汇总表。它是根据一定时期（五天或旬）的记账凭证，按照相同科目归类加计金额，并试算平衡，据以登记总账的一种记账凭证。

其方法步骤如下所述。

1. 编制“T”字形汇总表

做法是设计一张草表，将所汇总记账凭证涉及的会计科目按一定顺序列示出“T”字形简易账户，然后按记账凭证编号顺序，逐笔登记入草表中相应账户的借方或贷方金额。登记完毕后，将各账户登记金额按借、贷方向相加，得出各账户汇总期内的借方发生额合计和贷方发生额合计。

2. 填制科目汇总表

科目汇总表的日期除按日汇总外，应写期间数，如×年×月×日至×日。编号一般按年填写顺序号。会计科目名称排列应与总账顺序保持一致，以方便记账。

把汇总草表各“T”字账户所登记的借贷方发生额合计准确填入科目汇总内各该会计科目的同一方向栏内。

将每一会计科目的汇总金额填入汇总表后，应分别加总计算全部会计科目的借方发生额合计和贷方发生额合计，并填入表中最末行合计栏内。

注明本科目汇总表所汇总的记账凭证的起讫号数。

四、登记总账

1. 总账的登记依据

总账可以根据记账凭证逐日逐笔登记，也可以将一定时期的记账凭证汇总编制成“汇总记账凭证”或“科目汇总表”（或“记账凭证汇总表”），再据以登记总账。采用哪种方法登记总账，取决于企业所采用的会计核算组织形式。但不论采用哪种方法登记总账，每月都应将本月发生的经济业务全部登记入账，并于月份终了结算出每个账户的本期借贷方发生额及其余额，与所属明细账余额的合计数核对相符后，作为编制会计报表的主要依据。

2. 总账的登记方法

（1）日期栏。在逐日逐笔登记总账的方式下，填写业务发生的具体日期，即记账凭证的日期；在汇总登记总账的方式下，填写汇总凭证的日期。

（2）凭证字、号栏。填写登记总账所依据的凭证的字和号。在依据记账凭证登记总账情况下，填写记账凭证的字、号；在依据科目汇总表情况下，填写“科汇”字及其编号；在依据汇总记账凭证登记总账的情况下，填写“现（银）汇收”字及其编号、“现（银）汇付”字及其编号和“汇转”字及其编号。

（3）摘要栏。填写所依据的凭证的简要内容。对于依据记账凭证登记总账的单位，应与记账凭证中的摘要内容一致；对于依据科目汇总表登记总账的单位，应填写“×月科目汇总表”或“×月×日的科目汇总表”字样；对于依据汇总记账凭证登记总账的单位，应填写每一张汇总记账凭证的汇总依据，即是依据第几号记账凭证至第几号记账凭证而来的。

（4）借、贷方金额栏。填写所依据的凭证上记载的各总账账户的借方或贷方发生额。

（5）借或贷栏。登记余额的方向，如余额在借方，则写“借”字；如余额在贷方，则写“贷”字。如果期末余额为零，则在“借或贷”栏写“平”字，并在“余额”栏内的“元”位用“0”表示。

五、总账的对账和结账

1. 对账

对账是指会计人员对账簿记录进行的核对。对账包括账簿与凭证的核对、账簿与账簿的核对、账簿与财产物资实存数额的核对。对账的目的是为了保证账证、账账、账实相符，从而使会计信息更加可靠，并为编制会计报表提供真实、可靠的数据。

（1）总分类账簿的核对。按照“资产=负债+所有者权益”的会计等式和“有借必有贷，借贷必相等”的记账规则，总分类账簿之间存在下列平衡关系：

全部总账账户的期初借方余额合计=全部总账账户的期初贷方余额合计

全部总账账户的期末借方余额合计=全部总账账户的期末贷方余额合计

全部总账账户的本期借方发生额合计=全部总账账户的本期贷方发生额合计

期末余额=期初余额+本期增加发生额-本期减少发生额

（2）总账账簿与所属明细分类账账簿的核对。

总分类账簿的期末余额=该总分类账簿所属明细分类账簿的期末余额合计

2. 结账

结账是指会计期末（月末、季末、年末）会计人员将一定时期内发生的经济业务全部登记入账，并在此基础上结算出各账户的本期发生额和期末余额的会计核算工作。只有通过结账，才能使用账簿记录编制会计报表。具体结账程序如下所述。

（1）结账前，检查本期内日常发生的经济业务是否已全部登记入账，若发现漏账、错账、应及时补记更正。

（2）根据权责发生制的要求，调整有关账项，合理确定本期应计的收入和应计的费用。

（3）将损益类科目转入“本年利润”科目，结平所有损益类科目。

（4）进行账项调整和结账之后，计算每个账户的期末余额，对于需要结计本期发生额的账户还需计算出本期发生额，并做出相应的结账标记。

3. 错账更正

在结账之前发现账簿记录有错误，而所依据的记账凭证正确可采用划线更正法进行更正；如果记账凭证中会计科目错误、所填金额大于应填金额且已登账，则采用红字更正法更正；如果记账凭证中会计科目正确，所填金额小于应填金额且已登账，则采用补充登记法更正。

六、编制会计报表

1. 资产负债表的编制

资产负债表是反映企业在某一特定日期的财务状况的报表。资产负债表各项目均需填列“年初余额”和“期末余额”两栏。

（1）“年初余额”栏的填列方法。资产负债表“年初余额”栏内各项数字，应根据上年末资产负债表“期末余额”栏内所列数字填列。如果本年度资产负债表规定的各个项目的名称和内容同上年度不相一致，应对上年年末资产负债表各项目的名称和数字按照本年度的规定进行调整，填入本表“年初余额”栏内。

（2）“期末余额”栏的填列方法。“期末余额”是指某一会计期末的数字，即月末、季末、半年末或年末的数字。资产负债表“期末余额”栏内各项目的数据来源可以通过以下几种方式取得。

① 直接根据总账科目的余额填列。这些项目有：交易性金融资产、固定资产清理、短期借款、交易性金融负债、应付票据、应付职工薪酬、应交税费、应付利息、应付股利、其他应付款、实收资本、资本公积、盈余公积等。

② 根据几个总账科目的余额计算填列。具体包括：货币资金项目、存货项目及未分配利润项目。

③ 根据有关明细账户余额分析填列。具体包括：应收账款项目、预付账款项目、应付账款项目和预付账款项目。

④ 根据总账科目和明细科目的余额分析计算填列。具体包括：长期借款项目、长期待摊费用项目、应付债券项目、长期应付款项目、长期应收款项目。

⑤ 根据有关科目余额减去其备抵科目余额后的净额填列。具体包括：应收票据项目、应收账款项目、其他应收款项目、可供出售金融资产项目、持有至到期投资项目、长期股权投资项目、投资性房地产项目、固定资产项目、在建工程项目及无形资产项目。

2. 利润表的编制

利润表是反映企业一定会计期间经营成果的报表。

（1）“上期金额”栏内各项数字的填列。“上期金额”栏反映各项目上月利润的实际发生额。应根据上期利润表“本期金额”栏内所列数字填列。如果上期利润表的各个项目的名称和内容与本期不一致，应对上期利润表各项目的名称和数字按本期的规定进行调整，填入上期金额栏内。

（2）“本期金额”栏内各项数字的填列。“本期金额”栏反映各项目本月的实际发生额。应根据表中各项目的发生额分析、计算填列。

（3）月份利润表有关栏目的填列方法。在编制利润表月报时，“本期金额”栏反映各项目本月的实际发生额。“上期金额”栏反映各项目上月末利润表的实际发生额。

（4）年度月份利润表有关栏目的填列方法。在编制利润表年报时，“本期金额”栏反映各项目本年度的实际发生额。“上期金额”栏反映各项目上年度末利润表的实际发生额。

七、撰写财务分析报告

根据实训报表资料，进行偿债能力、营运能力、获利能力等财务指标的计算，并进行对比分析、因素分析，写出财务分析报告，为企业经营提出好的建议和措施。

八、会计档案的装订和保管

（一）会计凭证的装订和保管

1. 会计凭证的装订

记账凭证应当连同所附的原始凭证或者原始凭证汇总表，按照编号顺序，折叠整齐，按期装订成册，并加具封面，注明应填列的内容，由装订人在装订线封签处签名或者盖章。一般来说，整本记账凭证的厚度应在 3cm 左右，在凭证的左上角压好包角后，取三个打孔点呈直角等腰三角形，用棉线从等腰三角形的上点开始依次穿线、绕住凭证，共绕 4 道（左边和上边各 2 道），最后打结，并将结顶进孔里面。

2. 会计凭证的保管期限规定

根据 1999 年 1 月 1 日起执行的《会计档案管理办法》的规定精神，会计凭证的保管期限是：

（1）原始凭证：15 年。

（2）记账凭证：15 年。

（3）汇总凭证：15 年。

（二）会计账簿的装订和保管

1. 会计账簿的装订

会计账簿在更换新账后除跨年使用的账簿外，其他账簿应按时整理归入会计档案保管。归档前应做好以下几项工作。

（1）会计账簿装订前的工作。首先按账簿启用表的使用页数核对账户是否相符，账页是否齐全，序号排列是否连续；然后，按会计账簿封面、账簿启用表、账户目录和排序整理好的账页顺序装订。

（2）活页账簿装订要求。将账页填写齐全，去除空白页和账夹，并加具封底封面；多栏式活页账、三栏式活页账、数量金额式活页账等不得混装，应按同类业务、同类账页装订在一起；在装订账页的封面上填写好账簿的种类，编好卷号，由会计主管人员、装订人或经办人签章。

（3）会计账簿装订后的其他要求。会计账簿应牢固、平整，不得有折角、缺角、错页、掉页、加空白纸的现象；会计账簿的封口要严密，封口处要加盖印章；封面应齐全、平整，并注明所属年度及账簿名称、编号，编号要一年一编，编号顺序是总账、现金日记账、银行存款日记账、分类明细账；旧账装订完毕后，按规定要求进行保管。

2. 会计账簿的保管期限规定

总账（包括日记总账）：15 年；
明细账：15 年；
日记账：15 年；
（其中，现金及银行存款日记账 25 年）
固定资产卡片在固定资产报废清理后：5 年；
辅助账簿（备查簿）：15 年。

（三）会计报表的装订和保管

1. 会计报表的装订

会计报表编制完成及时报送后，留存的报表按月装订成册谨防丢失。
归档前应做好以下几项工作。

（1）会计报表装订前要按编报目录核对是否齐全，整理报表页数，上边和左边对齐压平，防止折角，如有损坏部位修补后，完整无缺地装订。

（2）会计报表装订顺序为：会计报表封面、会计报表编制说明、各种会计报表按会计报表的编号顺序排列、会计报表的封底。

（3）按保管期限编制卷号。

2. 会计报表的保管期限规定

月度、季度财务报告：3 年；
年度财务报告（决算）：永久。

任务三　完成主管会计岗位实训任务

一、2010 年 12 月主管会计实训任务

（1）根据“建账资料” 开设总分类账户，并登记期初余额。

（2）审核各种外部和内部原始凭证。

（3）审核记账凭证。

（4）按月编制科目汇总表。

（5）根据科目汇总表登记总账。

（6）期末对账、结账。

（7）编制财务会计报表，包括 12 月资产负债表和利润表以及 2010 年年度资产负债表和年度利润表。

（8）撰写财务分析报告。

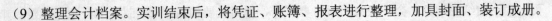

（9）整理会计档案。实训结束后，将凭证、账簿、报表进行整理，加具封面、装订成册。

二、2011 年 1 月主管会计实训任务

（1）根据 2010 年 12 月各总账余额进行结账并记入新账。
（2）审核各种外部和内部原始凭证。
（3）审核记账凭证。
（4）按月编制科目汇总表。
（5）根据科目汇总表登记总账。
（6）期末对账、结账。
（7）编制财务会计报表，包括资产负债表、利润表。
（8）整理会计档案。实训结束后，将凭证、账簿、报表进行整理，加具封面、装订成册。